犬たちからのプレゼント

動物ぎゃくたい大反対！

高橋うらら・作
柚希きひろ・絵
原田京子・本文写真

集英社みらい文庫

目次《もくじ》

登場人物紹介《とうじょうじんぶつしょうかい》

グリーンタウンの小学《しょうがく》5年生《ねんせい》

菜々子《ななこ》

口数《くちかず》が少《すく》なくて、自分《じぶん》の気持《きも》ちを伝《つた》えるのが苦手《にがて》。バレエが趣味《しゅみ》。

愛梨《あいり》

作文《さくぶん》を書《か》くのが得意《とくい》。動物愛護《どうぶつあいご》について興味《きょうみ》を持《も》っている。

レイナ

4人姉弟《にんきょうだい》の一番上《いちばんうえ》でしっかりもの。背《せ》が高《たか》い。ハルトのことが好《す》き。

ハルト

元気《げんき》なサッカー少年《しょうねん》。両親《りょうしん》はラーメン屋《や》さんを経営《けいえい》。菜々子《ななこ》にあこがれている。

進一郎《しんいちろう》

中学受験《ちゅうがくじゅけん》をめざして勉強中《べんきょうちゅう》。北海《ほっかい》道犬《どういぬ》の蘭丸《らんまる》と猫《ねこ》のコモモを飼《か》っている。

シーサイドタウンの小学《しょうがく》5年生《ねんせい》

桃子《ももこ》

小《しょう》5の夏休《なつやす》みにグリーンタウンからシーサイドタウンに引《ひ》っ越《こ》してきた。母親《ははおや》はモデル。

マイク（真生《まいく》）

動物好《どうぶつず》きでやさしい男《おとこ》の子《こ》。両親《りょうしん》が動物保護団《どうぶつほごだん》体《たい》を運営《うんえい》している。母親《ははおや》はイギリス人《じん》。

※本文中《ほんぶんちゅう》の写真《しゃしん》は、NPO《エヌピーオー》法人《ほうじん》アニマルレフュージ関西《かんさい》（ARK《アーク》）に所属《しょぞく》していた犬《いぬ》たちのものです。（物語《ものがたり》にはいっさい関係《かんけい》ありません）

わび助《すけ》の
おんがえし

「ねえママ、今日来《きょうく》るのは、どんな犬《いぬ》？　雑種《ざっしゅ》？　テリア？　それとも、ショコラみたいなプードル？　教《おし》えてくれてもいいじゃない」

何度《なんど》もたのんだのに、玄関《げんかん》でショコラをだっこしているママは、おちゃめな感《かん》じで片目《かため》をつぶり、こういってはぐらかすばかりだった。

「菜々子《ななこ》、それはね、来《き》てからのお楽《たの》しみ！　オスの子犬《こいぬ》っていうことだけ教《おし》えておくね。びっくりさせたいのよ。菜々子《ななこ》もぜったい、気《き》に入《い》ると思《おも》うなあ」

ママは、動物保護団体《どうぶつほごだんたい》でボランティアをしている。ペットを人《ひと》との暮《く》らしに慣《な》れさせる「一時預《いちじあず》かり」も担当《たんとう》していて、また新《あたら》しい犬《いぬ》が来《く》ることになった。

今《いま》、家《いえ》で飼《か》っているトイプードルのショコラも、最初《さいしょ》は一時預《いちじあず》かりのはずが、ママもわたしもすっかり気《き》に入《い》っちゃって、わが家《や》の子《こ》にしちゃったんだよ。

「菜々子《ななこ》が帰《かえ》ってくるころには、もう家《いえ》に来《き》てるわよ。寄《よ》り道《みち》しないで帰《かえ》ってきて」

「もったいぶっちゃってさ、気《き》になるな～。じゃ、行《い》ってきます！」

今日《きょう》、日曜《にちよう》は、楽《たの》しみなバレエの特別《とくべつ》レッスンの日《ひ》。長《なが》い髪《かみ》も、お団子《だんご》に結《ゆ》いあげた。

平日《へいじつ》二回《かい》は、地元《じもと》グリーンタウンの教室《きょうしつ》でレッスンを受《う》けているけれど、週《しゅう》に一回日曜《いっかいにちよう》日《び》は、シーサイドタウンのスタジオまで、電車《でんしゃ》で通《かよ》っている。

海《うみ》のそばの町《まち》シーサイドタウンには、わたしが通《かよ》っているバレエ教室《きょうしつ》の本部《ほんぶ》があって、発表会《はっぴょうかい》の練習《れんしゅう》はそっちでやっているんだ。もう五年生《ねんせい》だから、練習《れんしゅう》もきびしいよ。

「ショコラも、いい子《こ》にしててね！」

ワン！

《行《い》ってらっしゃい！　菜々子《ななこ》ちゃん！　気《き》をつけてね》

ガタン、ガタン……。

レッスンの道具《どうぐ》が入《はい》った、大《おお》きな黒《くろ》いショルダーバッグを肩《かた》からさげて、グリーンタウン駅《えき》から電車《でんしゃ》に乗《の》る。

休日《きゅうじつ》の午後《ごご》の電車《でんしゃ》は、遊《あそ》びや買《か》い物《もの》に出《で》かける人《ひと》たちで、けっこう混雑《こんざつ》していた。

ドアの近《ちか》くに立《た》つ。電車《でんしゃ》の振動《しんどう》で体《からだ》がゆれるたびに、銀《ぎん》の手《て》すりをぎゅっとにぎる。

……いったいどんな犬《いぬ》なのかな？　楽《たの》しみ〜。

かわいい子犬《こいぬ》の姿《すがた》を想像《そうぞう》するだけで、つい、顔《かお》がゆるんじゃう。

窓《まど》の外《そと》を、住宅街《じゅうたくがい》の町並《まちな》みが後《うし》ろに流《なが》れていく。季節《きせつ》はもうすっかり秋《あき》。公園《こうえん》の木《き》や街路樹《がいろじゅ》が、赤《あか》や黄色《きいろ》に染《そ》まりはじめている。

ふと気《き》がつくと、すぐそばで、どこかの高校生《こうこうせい》らしい、黒《くろ》い学《がく》ランを着《き》た男子《だんし》三人《にん》が、がやがや話《はな》しはじめた。ときどき、こっちを見《み》ている。大《おお》きな紺色《こんいろ》のスポーツバッグをさげていて、運動部《うんどうぶ》の部活《ぶかつ》の帰《かえ》りらしい。

そのうち、話題《わだい》がわたしのことになってきた。

……あの髪結《かみゆ》ってる子《こ》、かわいいじゃん。誘《さそ》ってみる？

ええ！　何《なに》それ！

ショルダーバッグを肩《かた》にかけなおし、背《せ》を向《む》ける。そのとたん、背中《せなか》をつつかれた。

「ねえねえ。これから、オレらといっしょに遊《あそ》びにいかない？　ゲーセンなんかどう？」

ちらりと見《み》ると、三人《にん》のうち一番《いちばん》小柄《こがら》な高校生《こうこうせい》が、にやにやしながら、聞《き》いてくる。

後《あと》の二人《ふたり》がはやしたてている。

「ナンパめっちゃうまいじゃん、オクムラ〜」

どの高校生《こうこうせい》も、にきびだらけで、汗《あせ》のにおいがしてきそう。

首《くび》をふって、また後《うし》ろを向《む》いた。こういうとき、なんて言《い》いかえせばいいんだろう。

「ねえ、いいじゃん、時間《じかん》ない？」

しつこく聞《き》いてくる。体《からだ》が凍《こお》りついて、動《うご》けない。

きっぱり断《ことわ》ればいいだけのことだった。……でも、のどが固《かた》くなって、声《こえ》が出《だ》せない。

……わたしってどうして、こんな性格《せいかく》なんだろう。いうべきことを、ちゃんといえない。

早《はや》く、駅《えき》に着《つ》きますように！　そればかり祈《いの》っていた。

高校生《こうこうせい》たちは、わたしの後《うし》ろから「何年生《なんねんせい》？　小学生《しょうがくせい》？」と声《こえ》をかけてくる。

背《せ》の高《たか》い高校生《こうこうせい》が、わたしの腕《うで》をつかんで、とうとうぐいっと自分《じぶん》たちの方《ほう》を向《む》かせた。

そのとたん、電車《でんしゃ》がカーブしたせいもあり、わたしはバランスをくずし、もう少《すこ》しで転《ころ》びそうになった。さすがにまわりの乗客《じょうきゃく》たちも、何事《なにごと》かとふりむいている。

「かっわいい〜！」

「オレ好《ごの》み！」

「ね、お兄《にい》さんたちといっしょに遊《あそ》ぼ！」

そのときだった。

「菜々子《ななこ》！　菜々子《ななこ》！」

どこかから、カン高《だか》い声《こえ》がした。背伸《せの》びして見《み》ると、塾《じゅく》のカバンを持《も》った進一郎《しんいちろう》だ。

進一郎《しんいちろう》はとなりのクラスだけど、飼《か》っている犬《いぬ》が迷子《まいご》になったとき、みんなで探《さが》してあげたことがあり、それ以来親《いらいした》しくなった。

大《おお》きな会社《かいしゃ》の社長《しゃちょう》さんの息子《むすこ》で、黒《くろ》いメガネをかけ、ひょろっとした男《おとこ》の子《こ》。

高校生《こうこうせい》の後《うし》ろに歩《あゆ》みよってきて、わたしを「ちょっとちょっと」と手《て》まねきしている。

このときばかりは、やせっぽちの進一郎《しんいちろう》でも、たのもしく思《おも》えて、ちょっとほっとした。

高校生《こうこうせい》の手《て》をふりほどいて、さっと進一郎《しんいちろう》のそばににげた。

進一郎《しんいちろう》は、小声《こごえ》でたずねてきた。

「だいじょうぶ？　困《こま》ってるんだろ？　今日《きょう》は、どこに行《い》くとこなの？」

「……バレエ」

すると、進一郎《しんいちろう》は、わたしの前《まえ》に出《で》て、きっぱりと高校生《こうこうせい》たちにいってくれたんだ。

「この子《こ》は、習《なら》い事《ごと》に行《い》くところです。ゲームセンターには行《い》けません」

高校生《こうこうせい》たちは、顔《かお》を見合《みあ》わせた。

「なんだ、カレシ持《も》ちか」

「今《いま》どきの子《こ》どもは、進《すす》んでるなあ」

そういって、やっとわたしたちに話《はな》しかけなくなったんだ。

見守《みまも》っていたまわりのお客《きゃく》さんたちも、ほっとしたのか、こっちを見《み》なくなった。

車内《しゃない》のアナウンスが流《なが》れる。

「次《つぎ》は、ミッドタウン～、ミッドタウン～。シーサイドタウン方面《ほうめん》へお越《こ》しの方《かた》はこちらでお乗《の》りかえください」

駅《えき》に着《つ》くと、進一郎《しんいちろう》といっしょに、急《いそ》いでホームに飛《と》びだした。そのまま階段《かいだん》を上《のぼ》り下《お》りして、乗《の》りかえの電車《でんしゃ》に移動《いどう》する。

シーサイドタウン方面《ほうめん》の水色《みずいろ》の電車《でんしゃ》に乗《の》りこみ、高校生《こうこうせい》たちの姿《すがた》が見《み》えないことを確《たし》かめる。右手《みぎて》ではあっと胸《むね》をおさえ、立《た》ちどまった。

「……ありがとう進一郎《しんいちろう》、どうなるかと思《おも》った」

「気《き》がついたら、菜々子《ななこ》が高校生《こうこうせい》にからまれてたから、だいじょうぶかなと心配《しんぱい》になったんだ。同《おな》じ車両《しゃりょう》に乗《の》っていてよかったよ」

「……進一郎《しんいちろう》って勇気《ゆうき》があるんだね」

「ううん、ぜんぜんない。ただ、菜々子《ななこ》があんまりまっ青《さお》な顔《かお》をしてたから。見《み》すごすわけにもいかなくて」

「……こわかった。もし強引《ごういん》に連《つ》れていかれたら、どうしようかと思《おも》って」

「腕《うで》つかんでたもんね。三人《にん》が相手《あいて》じゃさからえないよね」

「うん……」

やっと胸《むね》の鼓動《こどう》がおさまってきた。

進一郎《しんいちろう》の塾《じゅく》のカバンを指《ゆび》さして、聞《き》いてみた。

「これから塾《じゅく》なの？　日曜日《にちようび》の午後《ごご》も？」

「今日《きょう》は、特別《とくべつ》な全国模試《ぜんこくもし》の日《ひ》。昨日《きのう》は、いつもの定期模試《ていきもし》だった。毎週《まいしゅう》テストテストで、死《し》にそう」

「たいへんだね。……蘭丸《らんまる》は、元気《げんき》？」

蘭丸《らんまる》は、いつか迷子《まいご》になった進一郎《しんいちろう》の家《いえ》の白《しろ》い北海道犬《ほっかいどういぬ》。

「……うん！　今度飼《こんどか》いはじめたネコともなかよくしてるよ。菜々子《ななこ》のお母《かあ》さんがボランティアしてるところから引《ひ》きとった例《れい》のネコ！　おしりに黒《くろ》いハートの模様《もよう》があるんだ」

「うふ。ハートマークだなんて、なんだか、進一郎《しんいちろう》モテモテになりそうじゃない？」

「だったらいいけどね〜」

犬《いぬ》やネコの話《はなし》をしていたら、おたがいようやく笑顔《えがお》になる。

シーサイドタウン駅《えき》に着《つ》く。駅前《えきまえ》の大通《おおどお》りで別《わか》れぎわ、進一郎《しんいちろう》は、「じゃ、気《き》をつけて」と明《あか》るくはげましてくれた。

やさしくて、いいやつだなあ、進一郎《しんいちろう》。

きっとこういう男《おとこ》の子《こ》のファンもいるんじゃないか、とわたしは思《おも》う。

進一郎《しんいちろう》の塾《じゅく》のそば、小《ちい》さな三階《がい》建《だ》てのビルがバレエスタジオ。先生《せんせい》や仲間《なかま》の子《こ》たちの顔《かお》を見《み》たら、少《すこ》し肩《かた》の力《ちから》がぬけた。

ピンクのレオタードに着《き》がえる。寒《さむ》くなってきたから、バレエ用《よう》の短《みじか》いカーディガンをはおり、足《あし》には白《しろ》いレッグウォーマーをつける。

来月《らいげつ》、発表会《はっぴょうかい》があるから、先生《せんせい》もレッスンに気合《きあ》いが入《はい》っている。

ストレッチから始《はじ》まって、基本《きほん》の動作《どうさ》の復習《ふくしゅう》。だけど、どうしてもまだ、電車《でんしゃ》での出来《でき》事《ごと》が頭《あたま》の中《なか》によみがえってきちゃう。こわかったぁ……。

自分《じぶん》はああいうとき、いつもダメ。声《こえ》が出《だ》せない、ちゃんとしゃべれない。

最初《さいしょ》の段階《だんかい》で、ハキハキ断《ことわ》れてたら、どんなによかっただろう……。


わたしが、大《おお》きい声《こえ》で話《はな》せなくなったのには、きっかけがある。

あれは、グリーンタウンに引《ひ》っ越《こ》してくる前《まえ》、まだ一年生《ねんせい》のときだった。

その日《ひ》は、歯医者《はいしゃ》さんに行《い》く日《ひ》だったのに、なぜかママには用事《ようじ》があり、わたしは「先《さき》に行《い》って診察券《しんさつけん》を出《だ》しておいて」といわれた。

家《いえ》のそばの歯医者《はいしゃ》さんの受付《うけつけ》で、「お願《ねが》いします」と診察券《しんさつけん》を箱《はこ》に入《い》れたら、受付《うけつけ》のおばさんが券《けん》を取《と》りだしながらたずねた。

「あれ？　これはこの病院《びょういん》の診察券《しんさつけん》じゃないわよ。小児科《しょうにか》のだわ。うちの診察券《しんさつけん》は持《も》ってこなかった？」

「……え？」

パニック！　きっとママがわたすとき、まちがえたんだ。

おばさんは、たたみかけて聞《き》いてくる。

「それで、どの先生《せんせい》の何時《なんじ》の予約《よやく》だったかしら？」

予約時間《よやくじかん》を聞《き》いていなかったわたしは、動転《どうてん》した。

「よ・や・く？　よ・や・くって……」

そのときだ。しゃべろうとした言葉《ことば》が、のどでつっかえた。それっきり、何《なに》も話《はな》せなくなった。目《め》をぱちくりさせたまま、その場《ば》につったっていた。

おばさんは、びっくりした顔《かお》でわたしをまじまじと見《み》て、さらに聞《き》いてきた。

「お母《かあ》さんは、来《こ》ないの？」

それにも、答《こた》えられない。

やがておばさんの顔《かお》は、気《き》の毒《どく》そうな感《かん》じに変《か》わっていった。

そして、近《ちか》くにいる若《わか》い女性《じょせい》の歯科助手《しかじょしゅ》さんに、ズケズケとこういったんだ。

「……この子《こ》、いつもこんなにしゃべれないの？」

歯科助手《しかじょしゅ》さんは、あわてて首《くび》をふっている。そこへようやくママがかけつけてきた。

「菜々子《ななこ》、お待《ま》たせ！　ごめーん！　診察券《しんさつけん》、ちがうのをわたしちゃって……」

その後《あと》、歯医者《はいしゃ》さんの治療《ちりょう》は、なんとか予定《よてい》どおり済《す》んだんだけど、そのときのおばさんの言葉《ことば》が、トゲみたいに胸《むね》につきささり、どうしてもぬけなくなっちゃったんだ。

「この子《こ》はいつもこんなにしゃべれないの？」っていわれて、なんだか、うまくしゃべれないレッテルを貼《は》られてしまったような気《き》がしたんだもん……！

それ以来《いらい》、わたしは、人前《ひとまえ》で大《おお》きな声《こえ》を出《だ》せなくなってしまった。他《ほか》の子《こ》みたいに、ハキハキしゃべれなくなった。

一年生《ねんせい》のときの話《はなし》だし、他《ほか》の人《ひと》から見《み》たらなんでもない出来事《できごと》なんだけど。

そんな自分《じぶん》を救《すく》ってくれたのが、小《ちい》さいときからやっていたバレエだった。

バレエは、しゃべらず、動作《どうさ》ですべてを表現《ひょうげん》する。

「わたし」といいたいときは、胸《むね》に手《て》を当《あ》てる。「踊《おど》る」というときは、頭《あたま》の上《うえ》で両手《りょうて》を上下《じょうげ》にくるくる回《まわ》す。「愛《あい》する」というときは、両手《りょうて》で心臓《しんぞう》のある左胸《ひだりむね》を包《つつ》みこむようにする。

踊《おど》っているときだけは、はずかしがらず、自分《じぶん》を表現《ひょうげん》できるんだよ……。

もうすぐ発表会《はっぴょうかい》もある。わたしは『眠《ねむ》れる森《もり》の美女《びじょ》』の「宝石《ほうせき》の踊《おど》り」で、「サファイア」を踊《おど》る予定《よてい》。

レッスンはやがて、発表会《はっぴょうかい》の踊《おど》りになった。バレエシューズを、つま先《さき》で踊《おど》るトゥシューズにはきかえる。もう、よけいなことを考《かんが》えてるひまはないよ。さあ集中《しゅうちゅう》、集中《しゅうちゅう》！


帰《かえ》りの電車《でんしゃ》では、わざとまわりに女《おんな》の人《ひと》ばかりいる車両《しゃりょう》を選《えら》んだ。

やっとグリーンタウンの駅《えき》に到着《とうちゃく》。夕暮《ゆうぐ》れの商店街《しょうてんがい》を家《いえ》の方《ほう》に歩《ある》く。

同《おな》じクラスのサッカー少年《しょうねん》、ハルトの家《いえ》は、ラーメン屋《や》の「とんこつ亭《てい》」。

窓《まど》からのぞいてみると、お客《きゃく》さんがぜんぜんいなくて、頭《あたま》にタオルをまいたハルトのお父《とう》さんが、ひまそうにカウンターで新聞《しんぶん》を読《よ》んでいた。目《め》があってしまい、軽《かる》く会釈《えしゃく》したけれど、お客《きゃく》さんじゃないせいか、ちょっとがっかりした顔《かお》をされた。

やがて、住宅街《じゅうたくがい》に入《はい》り、家《いえ》の灯《あか》りが見《み》えてくる。門《もん》を開《あ》けて、ピンポンとチャイムを鳴《な》らした。ドアが開《ひら》く。すると、ママがだっこして、わたしの方《ほう》につきだしたのは！

「う、うわあ！」

いきなり犬《いぬ》の顔《かお》が目《め》の前《まえ》にあって、思《おも》わず、後《あと》ずさった。

「ほら菜々子《ななこ》、この子《こ》よ！　名前《なまえ》は、わび助《すけ》っていうの」

わたしは、その犬《いぬ》を指《ゆび》さしていった。

「ブ、……ブルドッグ？」

「そう。ブルドッグでも、小型《こがた》のフレンチ・ブルドッグの子犬《こいぬ》よ」

生後《せいご》三カ月《げつ》くらいらしい。体《からだ》の色《いろ》はベージュで、耳《みみ》と鼻《はな》のまわりだけ黒《くろ》い。

ちょうどショコラと同《おな》じくらいの大《おお》きさだけど、顔《かお》はしわしわで貫禄《かんろく》がある。

顔《かお》つきは、……はっきりいって、ブサかわ！

くりっとした黒《くろ》い目《め》。口《くち》を開《あ》けると、大笑《おおわら》いしているように見《み》える。

「へえ、かわいいね！　わび助《すけ》くん！　わが家《や》にようこそ！」

でも、わび助《すけ》は、わたしが話《はな》しかけても、下《した》を向《む》いて目《め》をそらした。

ママにだっこされているのに、おろしてもらおうと、もがいている。

「まだ、人《ひと》に慣《な》れていないみたい。かわいがってあげてね」

わび助《すけ》は、兄弟《きょうだい》の子犬《こいぬ》といっしょに、動物保護団体《どうぶつほごだんたい》のある山《やま》の中《なか》に捨《す》てられていたん

だって。保護団体《ほごだんたい》のそばに捨《す》てれば、育《そだ》ててもらえると思《おも》う人《ひと》が多《おお》いらしい。これって、ほんとうにひどい話《はなし》だよね。

わび助《すけ》は、しつけらしいしつけをされていなくて、このままでは新《あたら》しい家族《かぞく》を探《さが》すことができない。それでしばらく、家《うち》で預《あず》かることになったってわけ。

わたしは、さっそくママといっしょにリビングでわび助《すけ》と遊《あそ》んだ。まずは、愛情《あいじょう》をたっぷり注《そそ》ぎ、人間《にんげん》がこわくないということを、わかってもらうのが第一《だい》だから。

わび助《すけ》は、キャウンキャウンと鳴《な》いてばかりでうるさい。

目《め》の前《まえ》でタオルをふると、どこまでも追《お》いかけまわしてかもうとする。歩《ある》くわたしやママの足《あし》にもついてくる。でも、だっこしようとすると、走《はし》ってにげまわる。

「……ほら、つかまえた！」

やっとわたしが両手《りょうて》でキャッチしてだきあげた。わび助《すけ》は、まだ緊張《きんちょう》して眉間《みけん》にしわをよせている（ブルドッグの場合《ばあい》、これはもともとかな？）。

ソファーでひざの上《うえ》にだき、両手《りょうて》でやさしく体《からだ》をマッサージしてあげた。

わび助《すけ》は目《め》をほそめて、デレッとうれしそうな顔《かお》をした。人間《にんげん》でもリラックスして初《はじ》めて、おたがい心《こころ》を開《ひら》くよね。

でもしばらくすると、またわたしの手《て》からにげだして、リビングのいろいろなものに、かみついている。まったく落《お》ちつきがないんだから……！

するとそのとき、そばにいるショコラが、思《おも》わぬお姉《ねえ》さんぶりを発揮《はっき》したんだ。わび助《すけ》が、ソファーのクッションをかもうとすると、そばに行《い》って、やめさせている。

ワンワン！

《こら、ダメよ、そんなことしちゃ》

クーン
《わかりました。先輩《せんぱい》！》

わび助《すけ》も、三歳《さい》のショコラには一目置《いちもくお》いたらしく、すぐにショコラのいうことに従《したが》っている。犬《いぬ》は群《む》れを作《つく》る動物《どうぶつ》だから、序列《じょれつ》がとっても大事《だいじ》なんだって。

そこへ三年生《ねんせい》の弟《おとうと》、拓海《たくみ》も、犬《いぬ》のようすを見《み》にやってきた。

「ほんとに、へんてこりんな顔《かお》だなあ！」

わび助《すけ》は、拓海《たくみ》にほえかかった。

キャウンキャウン！

《へんてこりんで、悪《わる》かったな！》

「ひゃあ！　この犬《いぬ》は凶暴《きょうぼう》だ！」

弟《おとうと》は、飛《と》びあがってさわいでいる。またわび助《すけ》が走《はし》りまわる。するとママがたしなめた。

「ダメダメ。ほえたときに大《おお》さわぎをしたら、犬《いぬ》は喜《よろこ》んでいると勘違《かんちが》いしてしまうの。そういうときは、そっぽを向《む》いて無視《むし》してちょうだい」


ゴルフから帰《かえ》ってきたパパも加《くわ》わり、家族《かぞく》四人《よにん》で夕食《ゆうしょく》。

今日《きょう》のメニューはいかにも秋《あき》。いい香《かお》りのする栗《くり》ごはんに、マツタケと豆腐《とうふ》のお吸《す》い物《もの》。サケの塩焼《しおや》きに、牛肉《ぎゅうにく》と里芋《さといも》の煮物《にもの》、スライスした柿《かき》を乗《の》せたサラダ……。

わたしは、親《おや》に報告《ほうこく》しておいた方《ほう》がいいと思《おも》って、電車《でんしゃ》での出来事《できごと》を話《はな》した。パパは、真剣《しんけん》に怒《おこ》っている。

「とんでもない高校生《こうこうせい》だな！　小学生《しょうがくせい》をゲームセンターに誘《さそ》うなんて！　いいか菜々子《ななこ》、ぜったいついていったらダメだぞ。世《よ》の中《なか》、おそろしい事件《じけん》がたくさん起《お》きているんだから。いったいどこの高校《こうこう》だ！　校章《こうしょう》は見《み》なかったのか」

「……とても、そんなの見《み》るよゆうなかった。でも一人《ひとり》は、たしかオクムラって呼《よ》ばれてた」

「万《まん》が一《いち》また会《あ》ったら、学校名《がっこうめい》も確《たし》かめておきなさい」

ママも、おろおろしている。

「進一郎《しんいちろう》くんがいて、ほんとうによかったわね。今度《こんど》お母《かあ》さんにお礼《れい》をいっておくわ。だけど菜々子《ななこ》、防犯《ぼうはん》ブザーは持《も》っていたのよね。そういうときはつかってもいいのよ」

「あ、そうか。でも、痴漢《ちかん》にあったとかじゃないし。最初《さいしょ》は、話《はな》しかけられただけだし」

「いやなら、その人《ひと》たちのそばからにげていいの。ちがう車両《しゃりょう》に行《い》ってもいいし、電車《でんしゃ》を降《お》りてしまってもいいし……」

「でもなかなか駅《えき》に着《つ》かなくて……。だから帰《かえ》りの電車《でんしゃ》では、女《おんな》の人《ひと》たちのそばにいるようにしたんだ」

パパも、うなずいた。

「うん。それがいい。とにかく十分《じゅうぶん》気《き》をつけるんだよ」

ママは、ため息《いき》をついた。

「ほんとうに困《こま》ったら、声《こえ》を出《だ》してまわりの人《ひと》に助《たす》けを求《もと》めるのが一番《いちばん》いいんだけれど、菜々子《ななこ》には、なかなかできないわよねえ……」

次《つぎ》の日《ひ》、学校《がっこう》の休《やす》み時間《じかん》、友《とも》だちのレイナや愛梨《あいり》と、廊下《ろうか》で立《た》ち話《ばなし》になった。

「へえ～。進一郎《しんいちろう》が、助《たす》けてくれたんだ！」

「……そうなの。ホントにこわかったんだよ」

レイナは最近《さいきん》さらに背《せ》がのびて、ジーンズに紺《こん》と白《しろ》のマリンセーターが、かっこいい。

丸《まる》いメガネをかけた愛梨《あいり》は、赤《あか》いニットのジャケットにウールの黒《くろ》いハーフパンツを合《あ》わせている。

二人《ふたり》のおしゃれは、いつもキマッてるな……。わたしはあいかわらず、ママが選《えら》んだおとなしめの服《ふく》。

「菜々子《ななこ》も、かわいいから、声《こえ》をかけられるんだよね」

レイナがいう。愛梨《あいり》も、キャハハと笑《わら》ってはやしたてた。

「初《はつ》ナンパされた、ってわけだね。すごい〜」

首《くび》をふった。

「やだよ。相手《あいて》は高校生《こうこうせい》で三人《にん》もいるんだもん。それに腕《うで》をつかまれたんだよ。無理《むり》やり連《つ》れていかれたら、こわい……」

レイナも、うなずいた。

「……確《たし》かにそうだね。危険《きけん》な目《め》にあう可能性《かのうせい》アリアリ！　気《き》をつけないと」

愛梨《あいり》もぼやいている。

「ナンパもやだけど、痴漢《ちかん》とかこわいよね。人通《ひとどお》りの少《すく》ない場所《ばしょ》とか、ぜったい一人《ひとり》で歩《ある》かないようにした方《ほう》がいいよ。どうして女《おんな》の子《こ》だっていうだけで、こんなことにおびえて暮《く》らしていかなくちゃならないんだろう……」

そこへ、ちょうど進一郎《しんいちろう》が通《とお》りかかったので、レイナがひやかした。

「よっ！　進一郎《しんいちろう》！　昨日《きのう》菜々子《ななこ》を助《たす》けたんだって？」

進一郎《しんいちろう》は、ぎょっとした顔《かお》で、立《た》ちどまった。男子《だんし》はみんな、威勢《いせい》のいいレイナを、ちょっとこわがってる？

「う、うん。菜々子《ななこ》が困《こま》ってたから……」

「かっこいい～！　進一郎《しんいちろう》も、なかなかやるじゃん！」

四人《よにん》集《あつ》まっているところにやってきたのが、サッカー焼《や》けしたハルトだ。

進一郎《しんいちろう》の肩《かた》をつかんでどかせると、わたしの前《まえ》でさけんだ。

「なになに？　菜々子《ななこ》がどうかしたの？」

レイナがぼそっといった。

「あんたには、関係《かんけい》ないっしょ」

しかし、話《はなし》を聞《き》いたハルトは、「事情聴取《じじょうちょうしゅ》だ」とかいって、進一郎《しんいちろう》に質問《しつもん》しはじめた。

「なるほど、グリーンタウン十二時二十五分発《ふんはつ》の電車《でんしゃ》で、ぐうぜんいっしょの車両《しゃりょう》に乗《の》ったってわけだな。で、菜々子《ななこ》が高校生《こうこうせい》たちにからまれているのを目撃《もくげき》し、腕《うで》をつかまれたところで、とうとう声《こえ》をかけ、止《と》めに入《はい》った、と……」

進一郎《しんいちろう》は、思《おも》い出《だ》したのか、両手《りょうて》を胸《むね》の前《まえ》で組《く》んでいる。

「ぼく勇気出《ゆうきだ》したんだよ。何《なに》しろ、向《む》こうはずっと体《からだ》が大《おお》きい高校生《こうこうせい》なんだから！」

しかし、ハルトは、はっと気《き》づいたようにいいだした。

「でもさあ。進一郎《しんいちろう》は、声《こえ》かける前《まえ》から気《き》づいてたんだろ？　だったらどうして、変《へん》なやつらが話《はな》しかけはじめたところで、止《と》めにいかなかったんだ。腕《うで》をつかまれるまで放《ほう》っておくなんて、いったい何《なに》してたんだよ！」

進一郎《しんいちろう》も、さすがにむっとした顔《かお》になった。

「だって別《べつ》に、菜々子《ななこ》が何《なに》かされたわけじゃないし。声《こえ》かけられてただけだから、しばらくようすを見《み》てたんだ」

ハルトは、大《おお》げさに両手《りょうて》を広《ひろ》げてみせた。

「あーあ、オレだったら、最初《さいしょ》から、そんな高校生《こうこうせい》には、指一本《ゆびいっぽん》ふれさせなかったのになあ。その場《ば》にいてやれなくて残念《ざんねん》だ」

いつもおとなしい進一郎《しんいちろう》も、ここでとうとうキレる。

「……なんだよ！　ハルトにだって、そう簡単《かんたん》に高校生《こうこうせい》を追《お》いはらえるわけないよ！　いっしょにいなかったからって、できもしないこというな！」

「いや、オレならやれた！」

「やれないっ！」

「やれた！」

進一郎《しんいちろう》とハルトの間《あいだ》で、にらみあいが続《つづ》いている。つかみあいになりそうな雰囲気《ふんいき》だ。

ほんとうはわたしが、助《たす》けてくれた進一郎《しんいちろう》をかばうべきだってわかってた。でも、いつもの調子《ちょうし》で、何《なに》もいえない。二人《ふたり》の顔《かお》を、かわるがわる見《み》ているだけ……。

とうとうレイナが、男子《だんし》二人《ふたり》の間《あいだ》に入《はい》り、両手《りょうて》でそれぞれ押《お》しとどめた。

「まあまあ、二人《ふたり》とも、そんなことでケンカしないっ。さあ、もうすぐ次《つぎ》の授業《じゅぎょう》だから、教室《きょうしつ》に入《はい》った入《はい》った！」

けれども進一郎《しんいちろう》は、自分《じぶん》のクラスにもどっていきながら、わたしをちらりと見《み》た。その目《め》が、こんなことをいっているように思《おも》えた。

（ハルトにあんなことといわれるくらいなら、助《たす》けるんじゃなかったよ。菜々子《ななこ》だって、だまってないで、ぼくの味方《みかた》してくれてもよかったんじゃない？）

……またやっちゃった。菜々子《ななこ》のバカ。せっかく助《たす》けてくれた進一郎《しんいちろう》まで、自分《じぶん》のせいで、不愉快《ふゆかい》な気持《きも》ちにさせちゃうなんて。

「あれじゃ、進一郎《しんいちろう》がかわいそうだよ。助《たす》けたのに文句《もんく》つけられて。進一郎《しんいちろう》だって、かなり思《おも》いきって助《たす》けてくれたんだと思《おも》うよ」

その日《ひ》の放課後《ほうかご》、タコ公園《こうえん》のベンチにならんで座《すわ》って、レイナや愛梨《あいり》とおしゃべりしていたとき、愛梨《あいり》にやっぱりいわれちゃった。

「……そうだね。何《なに》もいってあげられなくて、悪《わる》かった」

わたしは、うつむいて答《こた》える。

何《なに》も知《し》らないショコラが、落《お》ち葉《ば》の上《うえ》ではねまわっている。

《公園《こうえん》で遊《あそ》ぶの大好《だいす》き！》

「ショコラ！」

手《て》をたたいて名前《なまえ》を呼《よ》ぶと、まっすぐにわたしの方《ほう》に走《はし》ってきて、ジャンプして飛《と》びついてくる。それを両手《りょうて》でキャッチ！　背中《せなか》をなでなでしてあげる。

ショコラもすっかり、この町《まち》の生活《せいかつ》に慣《な》れたね！

もう一匹《ぴき》のわび助《すけ》は、まだ家《うち》に来《き》たばかりだから、お散歩《さんぽ》はもう少《すこ》し先《さき》だ。

レイナは、ベンチに座《すわ》ったまま、はあっと伸《の》びをした。

「……子《こ》どもなんだよ、男子《だんし》って。あんなことでケンカしなくて、いいのにさっ」

愛梨《あいり》もうなずく。

「まったくそう。ハルトったら、どうしてあんなにムキになったんだろう」

レイナが、伸《の》びをしていた手足《てあし》をひっこめて、ぼそっといった。

「……自分《じぶん》の気持《きも》ちが、素直《すなお》にいえないだけじゃない？」

「え？　どういうこと？」

愛梨《あいり》が聞《き》きかえすと、レイナはこういいきった。

「気《き》がつかない？　ハルトは菜々子《ななこ》のことが、好《す》きなんだ」

「……うそ？」

びっくりして、思《おも》わずレイナの顔《かお》を見返《みかえ》した。愛梨《あいり》も、レイナに向《む》きなおっている。

レイナは、力強《ちからづよ》くいった。

「だから、菜々子《ななこ》を助《たす》けた進一郎《しんいちろう》に嫉妬《しっと》したってこと！」

「なるほど！　そうだったんだあ！」

愛梨《あいり》が、やっと納得《なっとく》したというように、首《くび》を大《おお》きく縦《たて》にふっている。

わたしは、あせっていいかえした。

「でも、わたしには、ぜんぜんそうは思《おも》えないけど？」

レイナは答《こた》える。

「見《み》てればわかるって！」

「……え？　でもちがうよ。ぜったいそんなわけ……」

「菜々子《ななこ》には、ほかに好《す》きな男子《こ》でもいるの？」

レイナが、いつになく強《つよ》い声《こえ》で聞《き》いてきたので、首《くび》をふった。

「……別《べつ》に。わかんない」

「……わかんない、か。菜々子《ななこ》らしいね」

レイナが、ふっと笑《わら》う。そこへ愛梨《あいり》がすかさずつっこむ。

「じゃあ、レイナはいるの？　だれか好《す》きな男子《こ》！」

するとレイナは、大《おお》げさに顔《かお》の前《まえ》で手《て》をふった。

「いや、いや、別《べつ》にあたしはいないけどさあ」

「そうだよねえ。早《はや》くわたしたちも、カレシとかできるといいよね」

愛梨《あいり》が、キャハハと笑《わら》って、レイナも、うんうんとうなずいている。

いつかそんな日《ひ》が、来《く》るのかな。まだわたしにはぜんぜん想像《そうぞう》できないけど……？

きっとまだずっと先《さき》の、中学生《ちゅうがくせい》とか高校生《こうこうせい》になってからの話《はなし》だよね？


そんなある日《ひ》のこと。わび助《すけ》のいたずらが、炸裂《さくれつ》した。

わび助《すけ》をケージの外《そと》に出《だ》したまま留守番《るすばん》させたら、リビングの中《なか》がめちゃくちゃになっていたんだ。

買《か》い物《もの》から帰《かえ》ってきたママとわたしは、ただただ、ぼう然《ぜん》。

ティッシュペーパーをぜんぶ前足《まえあし》で引《ひ》っぱりだしたらしく、床《ゆか》じゅうティッシュペーパーだらけ。おしっこも、そこらじゅうにかけている。

「はあ〜。まいった。やっぱりケージに入《い》れておけばよかった」

先住犬《せんじゅうけん》のショコラの方《ほう》は、今《いま》まで一度《いちど》も、こんな悪《わる》さをしたことがなかったから、すっかり安心《あんしん》していたんだ。

いっしょにお留守番《るすばん》していたショコラは、もうしわけなさそうな顔《かお》をしていたよ。

《ごめんなさい。止《と》められなかったの……》

「きっとわび助《すけ》は、お留守番《るすばん》でさみしかったのね～」

ママはそういいながら、後《あと》かたづけをしている。

でも、こういうときも、けっしてだきあげて、なでたりしたらいけないという。

そんなことをしたら、犬《いぬ》はいたずらしたら、必《かなら》ず甘《あま》えさせてもらえると勘違《かんちが》いしてしまう。悪《わる》いことをしたら、あくまで無視《むし》。そうすれば、犬《いぬ》もいたずらしなくなるんだって！

「教育《きょういく》は、忍耐《にんたい》なのよ～」

ママは、そういって、ぼやいている。

わび助《すけ》にふりまわされる毎日《まいにち》。

わたしはもっぱら、いっしょに遊《あそ》ぶ係《かかり》だ。

リビングで犬用《いぬよう》のボールを投《な》げると、わび助《すけ》とショコラの二匹《ひき》が、ハアハア息《いき》を切《き》らしながら追《お》いかけて、くわえた方《ほう》が得意気《とくいげ》にもどってくる。

《もう一回《かい》やって！》《もっと遊《あそ》んで！》

遊《あそ》びはじめると、きりがない。最初《さいしょ》おくびょうだったショコラとちがって、わび助《すけ》は、好奇心旺盛《こうきしんおうせい》だ。なんにでも興味《きょうみ》を示《しめ》す。

でも、ボールを取《と》ろうとして、あおむけにひっくりかえっちゃったとき、なかなか起《お》きあがれなくて、短《みじか》い足《あし》をバタバタさせてもがいてたのには、笑《わら》ったな〜。

そうやって遊《あそ》びながら、しつけもしていく。

いい子《こ》にしてたら、だっこして、体《からだ》をなでなでしてあげる。

すると、だっこしてもらうのがうれしいらしく、ほえたり、部屋《へや》の中《なか》のものをいたずらしたりするクセが、だんだんおさまってきた。

やがて、だっこすると、わたしの顔《かお》をぺろぺろなめてくれるようになった。

《菜々子《ななこ》ちゃん。いつも遊《あそ》んでくれてありがとう。ぼく、菜々子《ななこ》ちゃんのこと、大好《だいす》きだよ！》

家《いえ》に来《き》たときはしずんでいた表情《ひょうじょう》も、少《すこ》しずつ生《い》き生《い》きしてきた。

笑《わら》い顔《がお》（？）は、やっぱりいつ見《み》ても、ブサかわいい！

わたしは、わび助《すけ》のぷにょぷにょしたほっぺたを、軽《かる》く手《て》で引《ひ》っぱって遊《あそ》ぶ。

「いい子《こ》だね～。わたしもわび助《すけ》が大好《だいす》きだよ！」

そうやって日《ひ》にちが経《た》ち、近《ちか》づいてきた日曜日《にちようび》。

また電車《でんしゃ》に乗《の》らなくちゃいけない日《ひ》。

だんだん気《き》が重《おも》くなってくる。まさか、あの三人組《にんぐみ》にまた会《あ》うなんて、ないよね？

でもどうやら、あの学《がく》ランは、ここグリーンタウンにある高校《こうこう》の制服《せいふく》らしい。同《おな》じような学《がく》ランの生徒《せいと》を、駅前《えきまえ》の商店街《しょうてんがい》で、何度《なんど》も見《み》た。どこかでまた、顔《かお》を合《あ》わせる機会《きかい》があっても、ぜんぜんおかしくない。

やっぱり一人《ひとり》で電車《でんしゃ》に乗《の》るのは不安《ふあん》だな……。

ほんとうは時間《じかん》を変《か》えたいけれど、乗《の》りかえのとき、うまく接続《せつぞく》する電車《でんしゃ》が他《ほか》にない。

「注意《ちゅうい》して電車《でんしゃ》に乗《の》るのよ。車掌《しゃしょう》さんから見《み》える、一番後《いちばんうし》ろの車両《しゃりょう》がいいかもしれない」

ママは、出《で》かけるまぎわ、そうアドバイスしてくれた。

駅《えき》の改札口《かいさつぐち》。

人混《ひとご》みの中《なか》に、あの学《がく》ランがいないか、あちこちに目《め》をやって確《たし》かめる。

すると、自動改札《じどうかいさつ》のすぐ横《よこ》に……、知《し》っている男《おとこ》の子《こ》が見《み》えた。

……ハルトだ！

ジーンズのポケットに両手《りょうて》をつっこんで、きびしい目《め》であたりを見《み》まわしている。

思《おも》わず、ちょっと笑《わら》った。……まるで、張《は》りこみしている刑事《けいじ》みたい！

わたしを見《み》つけると、歩《あゆ》みよってきた。手《て》を挙《あ》げて、合図《あいず》している。

「菜々子《ななこ》！」

ちょっと、びっくりした。もしかして、わたしを待《ま》ってた？

「……あれ？　どうして？　ハルトが？」

ハルトは、とたんに、照《て》れたように笑《わら》って説明《せつめい》した。

「心配《しんぱい》になっちゃって……。十二時《じ》二十五分発《ふんはつ》に乗《の》るんだろ？　だから、せめて、見送《みおく》りにきた」

「……見送《みおく》り？」

ちょっと笑《わら》った。ハルトは、横《よこ》を向《む》いて頭《あたま》に手《て》をやる。

「気《き》をつけてって、注意《ちゅうい》しようと思《おも》って」

「……ありがと」

「残念《ざんねん》ながら、お小遣《こづか》い少《すく》ないから、ボディーガードしたくても、いっしょに乗《の》る電車賃《でんしゃちん》がないんだ」

それを聞《き》いて、悪《わる》いけどブハッとふきだしてしまった。

ハルトも、顔《かお》を赤《あか》くして、いっしょに笑《わら》っている。わたしは、はっと気《き》づいていった。

「電車《でんしゃ》の時間《じかん》、覚《おぼ》えててくれたんだね。気《き》をつけて電車《でんしゃ》に乗《の》るね」

ハルトは、時間《じかん》がまだ少《すこ》しあるのを確《たし》かめると、いきなり右手《みぎて》をさしだしてきた。

「ちょっと携帯貸《けいたいか》して」

「え？　これ？」

わたしが、レッスンバッグから携帯《けいたい》を取《と》りだし、ハルトにわたすと、勝手《かって》に指《ゆび》でいじっている。そして、ある画面《がめん》をぐいっと出《だ》して、こういったんだ。

「危《あぶ》ない目《め》にあったときは、すぐここに電話《でんわ》して！　どこでもすぐにかけつけるよ！」

それは、いつかハルトと犬《いぬ》を探《さが》したとき、連絡用《れんらくよう》に交換《こうかん》した、彼《かれ》の携帯番号《けいたいばんごう》。

「え？」

「危《あぶ》なっかしくて見《み》てられないんだ。もし、その場《ば》にかけつけられなくても、だれかに連《れん》絡《らく》するとか、きっと何《なに》か力《ちから》になるから！」

……うれしい。正直《しょうじき》、ちょっぴり感激《かんげき》しちゃったよ。

「……わかった。ぜったいそうする！　ありがとう！」

そういって、わたしは、携帯《けいたい》を受《う》けとり、改札《かいさつ》に急《いそ》いだ。

ハルトは、わたしが改札《かいさつ》をぬけ、階段《かいだん》を降《お》りていくまで、見送《みおく》ってくれた。

電車《でんしゃ》に乗《の》るのが、なぜかもう、あんまりいやじゃなくなっていた。

うそじゃなかったんだね……。

——だれにもわたしに指一本《ゆびいっぽん》ふれさせないって。

幸《さいわ》いそれからというもの、バレエ教室《きょうしつ》の行《い》き帰《かえ》り、危《あぶ》ない目《め》にあうことはなく、日々《ひび》は平和《へいわ》に過《す》ぎた。

ただ、あれからずっと、ハルトと進一郎《しんいちろう》は仲《なか》が悪《わる》く、すれちがっても口《くち》もきかない。

ハルトと駅《えき》で会《あ》ったことは、レイナと愛梨《あいり》には、いわないでいる。だって、からかわれそうなんだもん……！

わび助《すけ》も、すっかり家《うち》に慣《な》れて、わたしが散歩《さんぽ》をさせている。

落《お》ち葉《ば》の公園《こうえん》で、もっぱら、散歩《さんぽ》しているほかの犬《いぬ》となかよく接《せっ》する練習《れんしゅう》。

散歩《さんぽ》のときに他《ほか》の犬《いぬ》と出会《であ》ったら、ちがう向《む》きでおやつをあげたりして興奮《こうふん》しないように習慣《しゅうかん》づける。

そのうち、犬《いぬ》どうし、ほえあったりせず、鼻《はな》をくっつけてあいさつできるようになる。

わび助《すけ》は、もうわたしのことをすっかり信頼《しんらい》してくれているようで、ぐいぐいリードを引《ひ》っぱることもなくなった。うまくお散歩《さんぽ》できたら、だっこして、ほっぺたどうしスリスリして、ほめてあげる。

「わび助《すけ》！　グッドグッド！」

ワンワン！

《お散歩《さんぽ》は楽《たの》しいね！》

だけど、こうして人間《にんげん》との暮《く》らしに慣《な》れたら、やがてわび助《すけ》は動物保護団体《どうぶつほごだんたい》にもどり、本格的《ほんかくてき》に里親《さとおや》を探《さが》してもらうことになる。

……そんなの。さみしい！

お役目《やくめ》とはいえ、これがボランティアのつらいところ……。


そんなある日《ひ》の夕方《ゆうがた》、散歩《さんぽ》に出《で》かけたときのことだった。

わび助《すけ》を連《つ》れて舗道《ほどう》を歩《ある》いていると、前《まえ》から、見覚《みおぼ》えのある人影《ひとかげ》が近《ちか》づいてきた。

いつかの三人組《にんぐみ》と同《おな》じ学《がく》ランの高校生《こうこうせい》たちだ！

……どうか、ちがう生徒《せいと》でありますように！

目《め》をふせる。でも……、あのときの三人組《にんぐみ》に似《に》ているような気《き》がする……。

わたしが急《きゅう》に、歩《ある》くスピードをゆっくりにしたので、わび助《すけ》が、ふしぎそうにこっちを見上《みあ》げている。

……何事《なにごと》もなく、すれちがえますように！

下《した》を向《む》いて祈《いの》りながら、脇《わき》を通《とお》ろうとすると。

「あれえ！　あのときのカノジョじゃーん！」

声《こえ》が聞《き》こえた。思《おも》わず、立《た》ちどまった。

バカ！　菜々子《ななこ》！　なんで止《と》まるのよ！

おそるおそる相手《あいて》を見《み》ると、最悪《さいあく》！　おそらく全員《ぜんいん》あのときの高校生《こうこうせい》たち！

「この辺《へん》に住《す》んでたんだ」

「今日《きょう》はカレシいないよね？」

「これからまたミッドタウンに遊《あそ》びにいくんだけど、いっしょに来《こ》ない～？」

……やっぱり声《こえ》が出《で》なかった。

どうすればいいんだっけ？　どうすればいいんだっけ？

ちらりと相手《あいて》を見《み》た。紺色《こんいろ》のスポーツバッグに、学校名《がっこうめい》がアルファベットで書《か》かれていたのを、なんとか覚《おぼ》えた。

「さあ、行《い》こう行《い》こう！」

また腕《うで》に手《て》をかけられた！　今日《きょう》は両側《りょうがわ》から！

(や・め・て！)

でも、声《こえ》が出《で》ない。

そのときだ！
わび助《すけ》が、今《いま》まで聞《き》いたこともないほど大《おお》きな声《こえ》で、ほえたてはじめた。
ワンワン！　ワンワン！
《菜々子《ななこ》ちゃんに、手《て》を出《だ》すな！》
短《みじか》い足《あし》をふんばり、全身《ぜんしん》の力《ちから》をふりしぼるように、くってかかっている。
ものすごいほえ声《ごえ》に、さすがの高校生《こうこうせい》たちも、一瞬《いっしゅん》ひるんでいる。
わたしも、無我夢中《むがむちゅう》で、気《き》がついたら大声《おおごえ》を出《だ》していた。
「助《たす》けてえ！　だれか、助《たす》けてえ！」
叫《さけ》びだしたら、止《と》まらなかった。
わたしが大声《おおごえ》を出《だ》したとたん、高校生《こうこうせい》たちの顔色《かおいろ》が変《か》わった。
しかも、そのとたん、すぐそばの家《いえ》の二階《かい》の窓《まど》が、がらりと開《あ》いたんだ。
おじいさんが顔《かお》を出《だ》し、舗道《ほどう》にいるわたしたちに、声《こえ》をかけてくる。
「なんだ？　いったいどうしたの！」
三人《にん》が、顔《かお》を見合《みあ》わせている。

「やべ……。にげよ」

そういって、ものすごい勢《いきお》いで、舗道《ほどう》をにげていった。

わたしは、自分《じぶん》でもおどろくくらいはっきりと、二階《かい》の窓《まど》に向《む》かってさけんだ。

「すみません。ちょっとしつこくされただけなんです。ありがとうございました！」

おじいさんは、三人《にん》がいなくなったのを確《たし》かめると、

「またあの高校《こうこう》の生徒《せいと》だな。悪《わる》ふざけばかりして！　気《き》をつけて帰《かえ》りなさいよ！」

と、わたしをはげまし、それから、ゆっくり窓《まど》を閉《し》めた。

「はぁ～」

少《すこ》しほっとした。そういえば、また防犯《ぼうはん》ブザーつかうの忘《わす》れてたよ。

だけどまた、その辺《へん》で三人組《にんぐみ》にあったらどうしよう。

わたしは思《おも》い出《だ》した。ハルトの携帯番号《けいたいばんごう》のこと！　すぐにかけてみた。

「もしもし、……菜々子《ななこ》。今《いま》またあの高校生《こうこうせい》たちに会《あ》って……」

（わかった！　すぐ行《い》く！）

場所《ばしょ》をいうと、ハルトはものの三分《ぷん》で、転《ころ》げるようにかけつけてきた。

「しまった。もう逃走《とうそう》した後《あと》だったか……」

「……わび助《すけ》が、ほえかかってくれたの。だから、わたしも大《おお》きな声《こえ》が出《だ》せた」

ハルトは、そばにいるわび助《すけ》に向《む》きなおった。

「また一時《いちじ》預《あず》かりしている犬《いぬ》？　ちぇ、今回《こんかい》は犬《いぬ》に先《さき》を越《こ》されたか……！　だけど、菜々子《ななこ》を助《たす》けてくれて、ありがとな！」

ハルトは、しゃがみこんでわび助《すけ》の顔《かお》を見《み》ている。そして、やっぱり思《おも》わず笑《わら》った。

「わはは！　ブサかわ！　変《へん》な顔《かお》！」

ワンワン！

《なんだおまえ！　ぼくをバカにするな！》

わび助《すけ》は、なんだか怒《おこ》っているみたい。

「だいじょうぶよ、わび助《すけ》。ハルトはわたしの友《とも》だちだから！」

わび助《すけ》の背中《せなか》をそっとなでて、落《お》ちつかせた。

そしてそれから、ハルトはわたしを家《いえ》まで送《おく》ってくれたんだ。

空《そら》を見上《みあ》げたら、住宅街《じゅうたくがい》の上《うえ》の夕焼《ゆうや》け雲《ぐも》が、まるでオレンジシャーベットみたいで、とってもきれいだった。

けっきょく、高校生《こうこうせい》の学校名《がっこうめい》をパパにいって、「オクムラ」という名前《なまえ》と共《とも》に、高校《こうこう》に連絡《れんらく》してもらった。すぐ三人《にん》の身元《みもと》がわかった。

バスケットボール部《ぶ》の二年生《ねんせい》で、別《べつ》に超悪《ちょうわる》い不良《ふりょう》というわけではなかったらしい。数日《すうじつ》後《ご》、学校《がっこう》から、三人《にん》とも反省《はんせい》していますと、おわびの連絡《れんらく》がきた。

じつは、それからも三人組《にんぐみ》とは、駅前《えきまえ》ですれちがったんだけれど、「いつかは、ごめんね」っていいながら、にげるようにはなれていったんだよ。

よかった！　もう心配《しんぱい》なさそう。

だけど、せっかくこの事件《じけん》が一件落着《いっけんらくちゃく》したというのに、わたしにはまた悲《かな》しい出来事《できごと》が……。

わび助《すけ》が、一時預《いちじあず》かりを終《お》え、動物保護団体《どうぶつほごだんたい》に帰《かえ》っていくことになったんだ。

もう、すっかり人《ひと》との暮《く》らしに慣《な》れ、いい子《こ》になったから。

ほえグセもなおって、とんでもない大声《おおごえ》でほえたのは、あの高校生《こうこうせい》に会《あ》ったとき、たった一回《かい》だけだった。きっと犬《いぬ》の本能《ほんのう》で、どうしてもほえるべきだとわかったんだね！

「いつまでも元気《げんき》でね、わび助《すけ》！　幸《しあわ》せになってね！」

わび助《すけ》は、別《わか》れるぎりぎりまで、わたしの顔《かお》をなめつづけてくれた。

《今《いま》までありがとう！　ぼく、菜々子《ななこ》ちゃんのことが、大好《だいす》きだったよ！　これからは、ぼくがいなくても、出《で》かけるときは気《き》をつけてね！》

そしてママに連《つ》れられ、動物保護団体《どうぶつほごだんたい》に帰《かえ》っていく。

それからいくらもしないうちに、里親《さとおや》が決《き》まった。小《ちい》さい子《こ》どものいる家庭《かてい》に、もらわれていったんだって。

ママは、しみじみといった。

「これからわび助《すけ》は、その家《いえ》の子《こ》どもたちのことを、しっかり守《まも》ってくれるでしょう。犬《いぬ》は、愛情《あいじょう》を注《そそ》いでくれた人《ひと》には、しっかり愛《あい》を返《かえ》すから。だから菜々子《ななこ》のことも助《たす》けてくれたのね！」

わび助《すけ》、ありがとう！

じつはね、あれ以来《いらい》、わたしもずいぶん、大《おお》きな声《こえ》で話《はな》せるようになったんだよ！

子犬《こいぬ》のチビタがピンチだよ！

オレは、ハルト！

その犬《いぬ》が気《き》になりはじめたのは、十月《がつ》の初《はじ》めのことだった。

夏休《なつやす》み前《まえ》、オレは、菜々子《ななこ》、レイナ、愛梨《あいり》、そして進一郎《しんいちろう》といっしょに「犬《いぬ》のレスキュー隊《たい》」を結成《けっせい》した。

捨《す》てられたり、ぎゃくたいされたり、困《こま》っている犬《いぬ》がいたら助《たす》けてあげるチームだ。

そこで近所《きんじょ》のペットショップも、ときどきパトロールするようにしていた。

でも当《あ》たり前《まえ》だけど、ペットショップに困《こま》っている犬《いぬ》なんかいない……。

と、思《おも》ったら大《おお》まちがい！

あるゴールデンレトリーバーの子犬《こいぬ》が、店《みせ》から売《う》られていったかと思《おも》ったら、すぐにまたもどってきたんだ。

その子犬《こいぬ》は、金色《きんいろ》がかった毛《け》で、生後《せいご》二カ月《げつ》ちょっと。

オレが勝手《かって》に、チビタと名前《なまえ》をつけた犬《いぬ》だった。

耳《みみ》はたれ、顔《かお》はふにゃふにゃ。小《ちい》さい体《からだ》がコロコロして、なんともかわいい。

チビタのショーケースの前《まえ》では、若《わか》い女性《じょせい》のお客《きゃく》さんがよく、「ぬいぐるみみたい～」と足《あし》を止《と》めていたものだ。

なぜもどってきてしまったのか、店員《てんいん》のお兄《にい》さんに事情《じじょう》を聞《き》いてみる。

「どうしてこの犬《いぬ》がまたいるの？」

お兄《にい》さんは、なんでも淡々《たんたん》と話《はな》すタイプの人《ひと》だ。

「一度《いちど》売《う》れたんだけど、やっぱりちがう種類《しゅるい》の子犬《こいぬ》がいいっていうから、またうちで買《か》いとったんだ。子犬《こいぬ》のうちなら、まだ売《う》れるから……。中《なか》には、気《き》まぐれにファッション感《かん》覚《かく》でペットを飼《か》う人《ひと》もいるんだ」

……かわいそうに。やっと飼《か》い主《ぬし》が決《き》まったかと思《おも》ったら、売《う》られちゃったなんて！

「早《はや》く、また買《か》い手《て》がつくといいな！」

話《はな》しかけると、保温《ほおん》されたショーケースの中《なか》のチビタは、すがるようにこっちを見《み》た。

《ねえねえ、ぼくの家族《かぞく》になって》

「ごめんチビタ、家《うち》は犬《いぬ》を飼《か》う資格《しかく》がない家《いえ》なんだよ。ラーメン屋《や》もいそがしいし」

オレには、苦《にが》い経験《けいけん》がある。春《はる》に、ラッキーという犬《いぬ》を飼《か》ったけれど、けっきょく世話《せわ》をしきれずに投《な》げだしてしまったんだ。

クーン。

《早《はや》くこんなせまいところから外《そと》に出《だ》して！　思《おも》いきり遊《あそ》ばせて！》

そして、秋《あき》も深《ふか》まったある日《ひ》、事件《じけん》は続《つづ》く。

「あーあ、今日《きょう》もまた、閑古鳥《かんこどり》か。ハルト、世《よ》の中《なか》はほんとうにきびしいぞ」

夜《よる》十時《じ》、父《とう》ちゃんがラーメン屋《や》「とんこつ亭《てい》」の暖簾《のれん》をしまいながらいった。

店《みせ》の入口《いりぐち》から、冷《つめ》たい夜風《よかぜ》がふきこんでくる。オレは、店《みせ》の椅子《いす》を、逆《さか》さにしてテーブルに乗《の》せる手伝《てつだ》いをしていた。こうすれば、明日《あした》の朝《あさ》、掃除《そうじ》がしやすい。

「閑古鳥《かんこどり》ってどんな鳥《とり》？　がんこな鳥《とり》？」

まじめに聞《き》いたのに、軽《かる》いげんこつが飛《と》んできた。

「ばかやろー。お客《きゃく》さんが来《こ》ないってことだよ！」

そういえば、最近《さいきん》お客《きゃく》さんの数《かず》がめっきり減《へ》って、満席《まんせき》になることがほとんどない。

……店《みせ》の経営《けいえい》は、だいじょうぶなんだろうか。

うちの夕食《ゆうしょく》は、営業《えいぎょう》が終《お》わってから、店《みせ》から奥《おく》に入《はい》ったところにある家《いえ》の台所《だいどころ》でとる。

今日《きょう》もメニューは昨日《きのう》といっしょで、とんこつスープの鍋《なべ》。

スープも中身《なかみ》も店《みせ》の残《のこ》り物《もの》っていうのは、ちょっとさみしいけど、寒《さむ》くなってきた十一月《がつ》には、温《あたた》まってちょうどいい！（って強《つよ》がりかも）

母《かあ》ちゃんが、太《ふと》ってぷっくりした顔《かお》をやつれさせ、しんみりといった。

「このままじゃ、店《みせ》を閉《し》めなくちゃいけないかもしれないわ。まさか似《に》たようなラーメン屋《や》が近《ちか》くにもう一軒《けん》できただけで、こんなに急《きゅう》に売《う》り上《あ》げが減《へ》るとは思《おも》わなかった……」

「……え！　店《みせ》を閉《し》める？」

そんな話《はなし》をされたのは、この日《ひ》が初《はじ》めてだった。

十月《がつ》、グリーンタウンの駅《えき》ビルの中《なか》に、同《おな》じとんこつラーメンの店《みせ》がオープンした。チェーン店《てん》で近《ちか》くのミッドタウンにも支店《してん》があり、すでにその店《みせ》の味《あじ》のファンも多《おお》いらしい。しかも値段《ねだん》がうちよりずっと安《やす》い。

駅前《えきまえ》でしょっちゅうクーポン券《けん》を配《くば》って、「本日《ほんじつ》は百円引《えんび》き」「大盛《おおも》りも同《おな》じ値段《ねだん》」「生《なま》ビール百円《えん》」とか宣伝《せんでん》している。これじゃ、とても太刀打《たちう》ちできない。

オレが保育園《ほいくえん》に通《かよ》っていたとき、両親《りょうしん》は、うちのラーメン屋《や》をオープンさせた。

寝《ね》る時間《じかん》もおしんで、スープの味《あじ》を工夫《くふう》し、はりきっていた父《とう》ちゃんや母《かあ》ちゃんのことを、今《いま》もよく覚《おぼ》えている。

春《はる》に犬《いぬ》のラッキーを飼《か》ったころは、店《みせ》の前《まえ》にはよく行列《ぎょうれつ》ができていて、ペットを育《そだ》てようかというお金《かね》のよゆうさえあった。

それがまさか、こんなことになるなんて……！

中学《ちゅうがく》二年《ねん》の兄《にい》ちゃんが、不安《ふあん》そうに聞《き》いている。

「じゃ、やっぱ高校《こうこう》は、県立《けんりつ》でないとダメ？」

父《とう》ちゃんは、バッサリと答《こた》える。

「こんな状況《じょうきょう》じゃ、とても学費《がくひ》の高《たか》い私立《しりつ》は無理《むり》。しっかり勉強《べんきょう》しろ！」

「はあ〜。でも塾《じゅく》に行《い》ってないの、部活《ぶかつ》の仲間《なかま》でオレだけなんだよ」

兄《にい》ちゃんがそういったとたん、母《かあ》ちゃんがいいかえす。

「通信講座《つうしんこうざ》を受《う》けてるじゃやない。あれだって、お金《かね》がかかる……」

「はいはい、わかりました！　あーあ、残念《ざんねん》！　ホントは私立《しりつ》で、行《い》きたいとこあったんだけどなぁ……」

兄《にい》ちゃんは、不《ふ》きげんそうに箸《はし》を置《お》いて席《せき》を立《た》ち、二階《かい》の部屋《へや》に上《あ》がっていってしまった。

オレには、受験《じゅけん》はまだ先《さき》の話《はなし》だったけれど、兄《にい》ちゃんは、悩《なや》みはじめているようだ。

オレといっしょで、サッカーに熱中《ねっちゅう》し、部屋《へや》のかたづけもぜんぜんしない兄《にい》ちゃん。

でも、通信講座《つうしんこうざ》の勉強《べんきょう》だけはコツコツ続《つづ》けていて、成績《せいせき》はけっこういい。

学費《がくひ》がはらえないからって、進学先《しんがくさき》も限《かぎ》られるなんて、……気《き》の毒《どく》に。

オレも、ちょっと心配《しんぱい》になった。通《かよ》っているサッカークラブも会費《かいひ》がかかるけど、まさかそれもやめろとか、いわれないだろーな。想像《そうぞう》しただけで、目《め》の前《まえ》がまっ暗《くら》になる。

母《かあ》ちゃんが、ぼそっといった。

「ラーメン屋《や》をやめたら、いったいどうしたら……」

父《とう》ちゃんがいった。

「ま、この店《みせ》はだれかにゆずって、田舎《いなか》の安《やす》いアパートにでも引《ひ》っこすか。高《たか》い家賃《やちん》だけムダだから」

ガーン！　オレは、のけぞった。

「田舎《いなか》って、福岡《ふくおか》？　おじいちゃんおばあちゃんのところに、引《ひ》っ越《こ》すの？」

両親《りょうしん》は、もともと九州福岡県《きゅうしゅうふくおかけん》の出身《しゅっしん》。首都圏《しゅとけん》でラーメン屋《や》をやろうと、グリーンタウンにやってきた。

父《とう》ちゃんは、苦虫《にがむし》をかみつぶしたような顔《かお》をしている。

「店《みせ》が、後《あと》どのくらい持《も》ちこたえられるか、……それが勝負《しょうぶ》だ！」

店《みせ》のお客《きゃく》さんは、日《ひ》を追《お》うごとにさらに少《すく》なくなってきた。みんなうちの店《みせ》の前《まえ》を通《とお》りすぎて、駅《えき》ビルの方《ほう》に行《い》く。

土日《どにち》には、オレが店《みせ》の前《まえ》に立《た》って、呼《よ》びこみもした。

「あったかいとんこつラーメンはいかがですか？　コクがあっておいしいですよ。チャーシューも自家製《じかせい》です！」

でも、店《みせ》に足《あし》を向《む》けてくれる人《ひと》はいない。

それどころか、通《とお》りすがりのおばさんたちが、こんな陰口《かげぐち》をいう声《こえ》さえ聞《き》こえてきた。

「まあ、あの店《みせ》、子《こ》どもに呼《よ》びこみさせるなんて、よっぽど困《こま》ってるのね～」

「そういえば、近《ちか》ごろガラガラよね～」

「グリーンタウン商店街《しょうてんがい》も、シャッターをおろしたままの店《みせ》が増《ふ》えたわねえ。そのうちあそこも空《あ》き家《や》になるのかしら」

……なんだよっ！　空《あ》き家《や》になるなんて、軽々《かるがる》しくいうなよ！

それって、うちの店《みせ》がつぶれて、オレたち家族《かぞく》が引《ひ》っ越《こ》すってことなんだぞ！

思《おも》わず、鼻《はな》とのどの奥《おく》がツンと固《かた》まって、悲《かな》しみがこみあげてきた。呼《よ》びこみは、それっきりやめた。


ペットショップにチビタの顔《かお》を見《み》にいくのだけが、楽《たの》しみになっていた（後《あと》、ほんとうは、学校《がっこう》で菜々子《ななこ》に会《あ》えること！）。

チビタは、「元気《げんき》か？」って話《はな》しかけると、ショーケースの中《なか》から、いつもこっちをつぶらな目《め》で見返《みかえ》して、しっぽをふってくれる。

《また来《き》てくれてありがとう！》

その日《ひ》もいつものようにペットショップに入《はい》った。

なのに、どこを探《さが》してもチビタの姿《すがた》がない！　とうとう買《か》われていったのか？

「あのゴールデンレトリーバーの子犬《こいぬ》、売《う》れたんですか？」

店員《てんいん》さんにたずねると、

「ああ、若《わか》い一人暮《ひとりぐ》らしの女性《じょせい》が、買《か》っていったんだよ。おとといだったっけな……」

と答《こた》えてくれた。

よかったな、チビタ！　もう会《あ》えないのはさみしいけど。

でも、ちょっと考《かんが》えて不安《ふあん》になった。

――若《わか》い一人暮《ひとりぐ》らしの女性《じょせい》に、大型犬《おおがたけん》のゴールデンレトリーバーの世話《せわ》が、きちんとできるんだろうか？　たくさん運動《うんどう》させなくちゃならないのに……。

ペットショップのチビタもいなくなって、なんだかよけいさみしい日々《ひび》が続《つづ》いた。

学校《がっこう》でも、いつもの元気《げんき》が出《で》ない。

午前中《ごぜんちゅう》の長《なが》い休《やす》み時間《じかん》も、校庭《こうてい》でサッカーもせず、机《つくえ》の前《まえ》に座《すわ》ってうだうだしていた。

「はぁ～」

つっぷしてため息《いき》をついていると、レイナが声《こえ》をかけてきた。

「なんかハルト、このごろ元気《げんき》ないじゃん。外《そと》にも出《で》ないなんて、どうかしたの？」

オレは、顔《かお》も上《あ》げずに、もごもごいった。

「いや別《べつ》に、なんでもない」

するとレイナが、こういってくれたんだ。

「菜々子《ななこ》のバレエの発表会《はっぴょうかい》のチケット、あるけど、行《い》く？」

……え？　姫《ひめ》のバレエの発表会《はっぴょうかい》？

そう、オレは心《こころ》の中《なか》で菜々子《ななこ》を「姫《ひめ》」と呼《よ》んでいる。あこがれの、菜々子《ななこ》！

ガバッと顔《かお》を上《あ》げ、姿勢《しせい》を正《ただ》して座《すわ》りなおした。

去年《きょねん》は兄《にい》ちゃんが、こっそり菜々子《ななこ》の発表会《はっぴょうかい》に行《い》って、写真《しゃしん》を撮《と》ってきてくれた。

妖精《ようせい》のように踊《おど》る姫《ひめ》！　その写真《しゃしん》は、今《いま》も勉強机《べんきょうづくえ》の引《ひ》き出《だ》しに大事《だいじ》にしまってある。

のどから手《て》が出《で》るほど、そのチケットがほしい。発表会《はっぴょうかい》を見《み》にいきたい！

だけど、正直《しょうじき》にそれをいうのも気《き》が引《ひ》ける。

「で？　いつ？」

いかにも興味《きょうみ》がなさそうに、たずねてみた。

「今度《こんど》の土曜日《どようび》よ」

「ふーん」

レイナは、そばに寄《よ》ってきた菜々子《ななこ》に聞《き》いている。

「菜々子《ななこ》も、発表会《はっぴょうかい》にハルトが来《き》てくれたら、うれしいよね」

すると、姫《ひめ》は、はずかしそうにうなずいたんだ。

「うん！　ハルトは、バレエとか、好《す》き？」

オレは胸《むね》を張《は》って答《こた》えた。

「おう！　もともと芸術《げいじゅつ》には興味《きょうみ》がある！」

レイナや、その後《うし》ろにいる愛梨《あいり》がぷっと笑《わら》った。

「なんで笑《わら》うんだよっ」

オレがむっとしていると、気《き》づいた菜々子《ななこ》がこういった。

「だけど場所《ばしょ》はシーサイドタウンなの。ちょっと遠《とお》いけど、だいじょうぶかな？　電車賃《でんしゃちん》もかかるし」

「電車賃《でんしゃちん》かあ！　いくらかかるんだっけ？」

「子《こ》ども料金《りょうきん》で、片道《かたみち》二百円《えん》よ。往復《おうふく》で四百円《えん》」

「四百円《えん》！　大金《たいきん》だ！　どうしよう！」

机《つくえ》の上《うえ》で頭《あたま》をかかえた。残念《ざんねん》ながら、資金《しきん》のメドが立《た》たない。

迷《まよ》っていると、菜々子《ななこ》がすまなそうにいった。

「そうだよね。むずかしいよね。ごめんね、気《き》にしないで」

すると、愛梨《あいり》がこういいだしたんだ。

「じゃあ、進一郎《しんいちろう》でも、さそってみようか」

進一郎《しんいちろう》だって？　あんなやつを？

「ちょっと呼《よ》んでくるよ！」

愛梨《あいり》は、はりきって教室《きょうしつ》を飛《と》びだし、となりのクラスから進一郎《しんいちろう》を引《ひ》っぱってきた。

だけど発表会《はっぴょうかい》のことを話《はな》すと、進一郎《しんいちろう》は、残念《ざんねん》そうに首《くび》をふった。

「土曜《どよう》は塾《じゅく》の日《ひ》なんだ。ごめんね、菜々子《ななこ》。見《み》にいけなくて」

「そっか……。そうだったね」

菜々子《ななこ》は、残念《ざんねん》そうにしている。

オレは、このやりとりが気《き》にくわなかった。そこでつい、進一郎《しんいちろう》にからんだんだ。

「たいへんだなあ、中学受験組《ちゅうがくじゅけんぐみ》は！　公立《こうりつ》があるのに、わざわざお金《かね》のかかる私立《しりつ》を受《う》けるなんて！　あくせく塾《じゅく》に通《かよ》って、もし落《お》ちたら、どうするのぉ？」

そのとたん進一郎《しんいちろう》が、黒《くろ》いメガネの奥《おく》から、暗《くら》い目《め》でオレをにらんだ。そして、いつになく大《おお》きな声《こえ》で、さけびはじめたんだ。

「ぼくだって、ぼくだって……。ほんとうは受験《じゅけん》なんか、したくないよ！　とんこつ亭《てい》の息子《むすこ》は、気楽《きらく》でいいよな！　公立《こうりつ》でいいんだもの！」

こっちも頭《あたま》に血《ち》がのぼった。

「家《うち》は気楽《きらく》だって？　もう一度《いちど》いってみろ！」

進一郎《しんいちろう》が、さっと青《あお》ざめて、後《あと》ずさった。オレはゆっくり立《た》ちあがった。

「バカにするな！　店《みせ》をやるのがどんなにたいへんか、大会社《だいがいしゃ》の社長《しゃちょう》の息子《むすこ》に、わかるかっつーの！　それじゃあれか？　自分《じぶん》ちはエリートだから、おまえんちとはちがうんだって、いいたいのか？」

進一郎《しんいちろう》は、あたふたと両手《りょうて》をパタパタさせて、いいわけしている。

「別《べつ》に、おまえんちをバカにしてるわけじゃないよ。ただ、ハルトは受験《じゅけん》しないから、うらやましいって……」

「オレんち、客《きゃく》が減《へ》って、もうすぐつぶれるかもしれないんだ。親《おや》は毎日《まいにち》必死《ひっし》なんだ！」

進一郎《しんいちろう》が、両手《りょうて》で頭《あたま》をおさえた。

「……え？　ぜんぜん、知《し》らなかった、そ、その、ごめん……」

「そんなこったろーよ。おぼっちゃんのおまえには、下々《しもじも》のことは、関係《かんけい》ないもんな！」

またレイナが、オレたちの間《あいだ》に入《はい》った。

「やめなさいよ！　最初《さいしょ》にハルトが、進一郎《しんいちろう》の受験《じゅけん》がどうのこうのって、ひどいことといったのも、いけないんだよ！　今《いま》は、菜々子《ななこ》の発表会《はっぴょうかい》の話《はなし》をしてるの！」

はっとした。菜々子《ななこ》が、涙《なみだ》ぐみながら、オレにいう。

「ケンカはもうやめて……」

「ごめん……」

いかん、姫《ひめ》を泣《な》かせるなんて、オレはまた何《なに》をやっちゃったんだ……。

チャイムが鳴《な》り、先生《せんせい》の姿《すがた》が廊下《ろうか》に見《み》えた。進一郎《しんいちろう》は、そそくさと、となりのクラスにもどっていく。

まったく最悪《さいあく》だ！　イライラして、進一郎《しんいちろう》にまで、やつ当《あ》たりをして……。


だけどその後《あと》、なぜかフォローしてくれたのが、レイナだった。

電車賃《でんしゃちん》がないことを知《し》り、自分《じぶん》のお母《かあ》さんにたのんで、発表会《はっぴょうかい》を見《み》にいくみんなを、自《じ》動車《どうしゃ》に乗《の》せて往復《おうふく》してもらえるようにしたという。

「ハルトもいっしょに乗《の》っていいよ。うちのお母《かあ》さん、よく休《やす》みの日《ひ》はシーサイドタウンの大《おお》きなショッピングセンターに買《か》い物《もの》に行《い》くの。あたしたちが発表会《はっぴょうかい》を見《み》ている間《あいだ》、妹《いもうと》や弟《おとうと》たちと買《か》い物《もの》してるって」

「そ、そお？　それは、渡《わた》りにシップ！」

「は？」

「渡《わた》りに船《ふね》ってこと！　ありがとう！　遠慮《えんりょ》なく乗《の》せてもらうよ！」

オレが、満面《まんめん》の笑《え》みで答《こた》えると、レイナはお姉《ねえ》さんぽく、くすっと笑《わら》った。

「……よかったね。見《み》にいけて」

あやしいな～。ヘンだな～。

なんだか、オレと菜々子《ななこ》とのことを、応援《おうえん》してくれているような気《き》がするのは、気《き》のせいだろうか……。


いよいよ土曜《どよう》の昼過《ひるす》ぎ、オレと愛梨《あいり》は、レイナのマンションの駐車場《ちゅうしゃじょう》に集合《しゅうごう》。大家族《だいかぞく》のレイナの家《いえ》の車《くるま》は、八人乗《にんの》りの大型車《おおがたしゃ》。

レイナの家族《かぞく》といっしょに、にぎやかにシーサイドタウンに向《む》かった。

そして、発表会《はっぴょうかい》に潜入《せんにゅう》！

女《おんな》の子《こ》ばっかりで、正直居心地《しょうじきいごこち》が悪《わる》かったけれど、レイナたちと客席《きゃくせき》に座《すわ》り、今《いま》か今《いま》かと菜々子《ななこ》の出番《でばん》を待《ま》つ。

ついに、姫《ひめ》がステージに登場《とうじょう》！

髪《かみ》を結《ゆ》いあげ、ブルーのドレスにトゥシューズ！

サファイアの精《せい》の踊《おど》りを、他《ほか》の宝石《ほうせき》の精《せい》たちといっしょに華麗《かれい》に舞《ま》った！

ほんとうは、携帯《けいたい》で写真《しゃしん》を撮《と》りたかったけれど、それはがまん。

写真《しゃしん》を撮《と》ったりしたら、クラスで何《なに》をいわれるか、わからないからね。

踊《おど》り終《お》わって、盛大《せいだい》な拍手《はくしゅ》。

オレは、ただただ、ぼうっと見《み》とれていた。心《こころ》の洗濯《せんたく》ができたような、まったくすばらしい一日《にち》だった。


次《つぎ》の月曜日《げつようび》、菜々子《ななこ》は、オレにそっとお礼《れい》をいってくれた。

「ありがとう、来《き》てくれて！　この前《まえ》は、高校生《こうこうせい》たちとの事件《じけん》で、力《ちから》になってくれたし……。今度《こんど》何《なに》かお礼《れい》させてね！」

「いやいや、バレエ、とっても上手《じょうず》だったよ。もともと芸術《げいじゅつ》には興味《きょうみ》があって……」

ほんとうはきれいだったとほめたかったが、さすがにそんなことは、口《くち》がさけてもいえない。

ところが、一難《いちなん》去《さ》ってまた一難《いちなん》〜！

ペットショップをのぞくと、二度目《どめ》の飼《か》い主《ぬし》に買《か》われていったはずのチビタが、今度《こんど》は店《みせ》の奥《おく》に置《お》かれたケージに入《はい》っているじゃないか！

あれから、一カ月近《げつちか》く経《た》ち、体《からだ》も一回《ひとまわ》り大《おお》きくなっている。

「え？　どうしたの？　返《かえ》されちゃったの？」

店員《てんいん》さんに聞《き》くと、教《おし》えてくれた。

「またそのお客《きゃく》さんも、別《べつ》の子犬《こいぬ》に買《か》いかえたんだよ。ゴールデンレトリーバーは大《おお》きくなるって知《し》り合《あ》いに聞《き》いて、不安《ふあん》になったらしい。それで今度《こんど》は、チワワの子犬《こいぬ》にしたんだ」

そういえば、そばにいたチワワがいない。

「ゴールデンレトリーバーは大《おお》きくなるって、教《おし》えてあげれば、よかったのに！」

「いったよ。だけど、買《か》ったときは、犬《いぬ》のかわいさに夢中《むちゅう》で聞《き》いてなかったんだね。君《きみ》だって、いつか飼《か》った雑種《ざっしゅ》の犬《いぬ》に大型犬《おおがたけん》のポインターが混《ま》じってるってこと、育《そだ》ててみてはじめて実感《じっかん》したんだろ」

……そうです。今年《ことし》の春《はる》、飼《か》いはじめた犬《いぬ》の世話《せわ》をしきれなくなって投《な》げだし、とうとう親《おや》が保健所《ほけんじょ》に持《も》ちこんでしまった。もう少《すこ》しで、殺処分《さつしょぶん》されてしまうところだった。

幸運《こううん》にも、他《ほか》に飼《か》ってくれる人《ひと》が現《あらわ》れて、ほんとうによかったけど……。

店員《てんいん》さんはいう。

「こっちも商売《しょうばい》だから、新《あたら》しい犬《いぬ》を買《か》いたいっていえば売《う》るけど、ペットショップでまた買《か》いとったって、売《う》れるのは、せいぜい生後《せいご》四カ月《げつ》くらいまでの子犬《こいぬ》のうちだけなんだ。大《おお》きく育《そだ》ってしまったら、もうどうしようもない……」

「この子《こ》はもうすぐ四カ月《げつ》でしょ？　そしたら、どうなるの？」

「……そろそろ、値引《ねび》きするしかないかもね」

そうか。それでオレが飼《か》ったラッキーも、大《おお》きく育《そだ》つ前《まえ》に売《う》ろうと、値引《ねび》きされていたんだ。ケージに手《て》をかけ、必死《ひっし》にチビタに話《はな》しかけた。

「ついてないね！　早《はや》くいい人《ひと》にめぐり会《あ》えよ！」

クーン！

《もうぼく、人間《にんげん》なんか、きらいになりそう……》

そのときのチビタのさみしそうな目《め》！

ひどい話《はなし》だ。これじゃまるで、犬《いぬ》のリサイクルじゃないか。

犬《いぬ》は物《もの》じゃない、一《ひと》つの命《いのち》なんだぞ！

こんな育《そだ》てられ方《かた》をして、チビタがかわいそう！

人間《にんげん》のことを、信《しん》じられない犬《いぬ》になっちゃうんじゃないか？


そこでオレは、犬《いぬ》のレスキュー隊《たい》として、ひさびさに学校《がっこう》で呼《よ》びかけることにしたんだ。

昼休《ひるやす》み、五年《ねん》一組《くみ》のクラスでみんなの前《まえ》に立《た》ち、説明《せつめい》した。

「ペットショップに、何度《なんど》も、買《か》われていっては返《かえ》されている子犬《こいぬ》がいる！　だれか、飼《か》い主《ぬし》になってあげてくれない？　ちゃんと最後《さいご》までめんどうを見《み》てくれる人《ひと》、いない？」

「かわいそう〜」

とくに女子《じょし》たちは、真剣《しんけん》になって同情《どうじょう》してくれた。

「なんとかしてあげたいね。それで、値段《ねだん》は？」

「値段《ねだん》は下《さ》がったけど、五万円《まんえん》……」

みんな、「げっ、とても無理《むり》〜」とそっぽを向《む》く。確《たし》かに高《たか》くて、かんたんに親《おや》にいいだせるような金額《きんがく》じゃないけど……。

となりの二組《くみ》にも遠征《えんせい》する。

「だれか、チビタを家族《かぞく》にしてくれない？　チビタには、落《お》ちついた家庭《かてい》と愛情《あいじょう》が必要《ひつよう》なんだ！」

五万円《まんえん》だというと、みんな首《くび》をふった。

進一郎《しんいちろう》もいたが、この前《まえ》の事件《じけん》いらい、おたがい口《くち》もきいていない。

わざとらしく、参考書《さんこうしょ》なんか広《ひろ》げて勉強《べんきょう》している。ちょっと顔《かお》を上《あ》げたけど、オレと目《め》があうと、あわててそらした。

……ちぇ。やなやつ！　休《やす》み時間《じかん》までこれ見《み》よがしに勉強《べんきょう》しやがって……！

オレは五年《ねん》の二《ふた》クラスを回《まわ》っても成果《せいか》がないことにがっかりしながら、また自分《じぶん》の組《くみ》にもどったんだ。


ところが二日後《ふつかご》のことだ。

なんてこった！　ペットショップに行《い》くと、またチビタがいなくなっている！

「どうしたの？　まさかあんまり売《う》れないから……」

不安《ふあん》になって、店員《てんいん》さんに聞《き》いてみた。すると、お兄《にい》さんはこう答《こた》えたんだ。

「昨日《きのう》、親子連《おやこづ》れが買《か》っていったよ」

「え？　どんな人《ひと》が？」

「個人情報《こじんじょうほう》だから、くわしいことはいえない。でも、先住犬《せんじゅうけん》は、めずらしい北海道犬《ほっかいどういぬ》だっていってたから、おどろいたよ」

……進一郎《しんいちろう》だ！　あいつ、聞《き》いてないようで、聞《き》いてたんだ！

次《つぎ》の日朝一番《ひあさいちばん》で、となりのクラスに行《い》き、進一郎《しんいちろう》につめよった。

「チビタを買《か》ったのは、おまえだな！」

進一郎《しんいちろう》は素直《すなお》に認《みと》めた。

「うん。話《はなし》を聞《き》いて、そのときは無理《むり》だと思《おも》ったんだけど、どうしても気《き》になって頭《あたま》からはなれなくなった。ペットショップに見《み》にいったら、目《め》があっちゃって、この犬《いぬ》が、いろいろな家《いえ》をたらい回《まわ》しにされてるのかと思《おも》うと、かわいそうで、いてもたってもいられなくなったんだ」

「よく親《おや》が承知《しょうち》したな。おまえんち、この前《まえ》、犬《いぬ》の他《ほか》にネコを飼《か》ったばかりだろ？」

「……うん。動物《どうぶつ》好《ず》きなお父《とう》さんに事情《じじょう》を話《はな》して泣《な》きついたんだ。これでもう、ペットを増《ふ》やすのは最後《さいご》にするってやくそくして、買《か》ってもらった」

「……そうか。ありがとう！　君《きみ》はチビタの恩人《おんじん》だよ！」

オレは、チビタにかわって、お礼《れい》をいい、きちっと頭《あたま》を下《さ》げた。

すると進一郎《しんいちろう》は、ちょっとあわてて聞《き》いてきた。

「あ、名前《なまえ》は、チビタじゃなくて、アレキサンダーにしたんだけど、よかった？」

「アレキサンダー！」

「だって体《からだ》が大《おお》きくなるのに、チビタじゃおかしいだろ？」

「なるほどね！　蘭丸《らんまる》とアレキサンダーって、進一郎《しんいちろう》の家《いえ》の犬《いぬ》たちは、なんか、かっけーな！」

オレは、ゲラゲラ笑《わら》った。すると、進一郎《しんいちろう》が、意外《いがい》にも神妙《しんみょう》に頭《あたま》を下《さ》げたんだ。

「この前《まえ》は、とんこつ亭《てい》の息子《むすこ》は気楽《きらく》でいいとか、ひどいことといってごめん。ずっとあやまりたかった。……悪《わる》かったよ、お店《みせ》がたいへんなことも知《し》らなくて」

オレも、チビタ、じゃなくてアレキサンダーのことが解決《かいけつ》して、すっかりきげんがよく

なっていた。

「いいんだよ。こっちも悪《わる》かった。もし受験《じゅけん》に落《お》ちたら、なんて、縁起《えんぎ》でもないこといってごめん。勉強《べんきょう》、がんばれよ！」

ガッツポーズしてみせる。

「うん！」

ケンカもしたけど、仲直《なかなお》りも一瞬《いっしゅん》だった。

それから、なんだかんだ、うだうだ話《はなし》をしているうちに、話《はなし》は今《いま》どきの若《わか》い女性《じょせい》たちのことになった。進一郎《しんいちろう》はいう。

「それにしてもひどいよな。犬《いぬ》はファッションじゃないのに」

「そうだよな～。女《おんな》って、ダイエットとか、おしゃれとか、そんなのばっかり……。最近《さいきん》は、男《おとこ》でもエステに行《い》ったりして。みんな見《み》かけばっかり気《き》にして」

「そうそう、だから食事《しょくじ》も野菜《やさい》と豆乳《とうにゅう》とか、健康志向《けんこうしこう》のものばっかりはやって……」

……！

そこでオレの頭《あたま》の中《なか》で、何《なに》かがパチンとつながった。

「……健康志向《けんこうしこう》！　それだ！　それもらった！」

進一郎《しんいちろう》にも相談《そうだん》すると、「それはいける」という返事《へんじ》。

親《おや》を説得《せっとく》するときのいい方《かた》も、アドバイスしてもらった。さすが大会社《だいがいしゃ》の跡取《あとと》り。子《こ》どもなのに、経営《けいえい》に関《かか》わるむずかしい言葉《ことば》を、とってもよく知《し》ってたよ。


その日《ひ》の夕食《ゆうしょく》のとき、オレは思《おも》いきって両親《りょうしん》に提案《ていあん》した。

「新《しん》メニューを作《つく》ったら？　うちのラーメンは、ごっつい感《かん》じでカロリーが高《たか》い。もっと、スープも麺《めん》も具《ぐ》もヘルシーにして、量《りょう》を減《へ》らし、女性客《じょせいきゃく》をねらうんだ！」

父《とう》ちゃんは、びっくりした顔《かお》でオレを見返《みかえ》した。

「ヘルシー？　とんこつラーメンの店《みせ》なのに？」

「この前《まえ》、あっちの店《みせ》を見《み》てきたけど、うちと同《おな》じような、濃厚《のうこう》なスープのラーメンばかりだった。それとはちがうラーメンを売《う》りだすんだ！　そういうのを『他社《たしゃ》との差別化《さべつか》をはかって経営《けいえい》を立《た》てなおす』っていうんだって！」

「差別化《さべつか》!?」

父《とう》ちゃんと母《かあ》ちゃんは、顔《かお》を見合《みあ》わせた。母《かあ》ちゃんが口《くち》を開《ひら》く。

「そうね。うちは男性客《だんせいきゃく》ばかりで、家族連《かぞくづ》れや女性《じょせい》がなかなか来《こ》ないものね。女性《じょせい》も入《はい》れる店《みせ》にしたら、少《すこ》しはもうかるかも？」

兄《にい》ちゃんも応援《おうえん》してくれた。

「とにかく、新《しん》メニューの開発《かいはつ》は必要《ひつよう》かもね」

父《とう》ちゃんは、腕組《うでぐ》みして考《かんが》えている。そして、顔《かお》を上《あ》げ、じっとオレの顔《かお》を見《み》た。

「まあ、一度《いちど》やってみるか！　今《いま》はもう、崖《がけ》っぷち。当《あ》たってくだけろだ！　もしそれでもダメなら、店《みせ》をたたむまで……！」

こうして、毎晩遅《まいばんおそ》くまで、新《しん》メニューの開発《かいはつ》が始《はじ》まった。

父《とう》ちゃんや母《かあ》ちゃんが試作《しさく》したものを、兄《にい》ちゃんと二人《ふたり》で食《た》べる。

近所《きんじょ》の商店《しょうてん》のおばさんやお姉《ねえ》さんも呼《よ》んできて、女性《じょせい》たちの意見《いけん》を聞《き》く。

どんぶりも、小《ちい》さ目《め》で女性好《じょせいご》みの柄《がら》の物《もの》を探《さが》す。

こうして、できあがったラーメンの名前《なまえ》は、「ヘルシーラーメン」。

いつもの半分《はんぶん》くらいの量《りょう》の細《ほそ》い麺《めん》に、豆腐《とうふ》、卵《たまご》、レタスやきゅうり、にんじんなどの野《や》菜《さい》を、いろどりよく乗《の》せる。スープはとんこつをベースに豆乳《とうにゅう》を混《ま》ぜてさっぱり系《けい》。

思《おも》いきって、各《かく》ラーメンの値段《ねだん》を全体的《ぜんたいてき》に少《すこ》しずつ下《さ》げた。でもお客《きゃく》さんが増《ふ》えたら、その分《ぶん》もうかるはずだ。

新《しん》メニュー発売《はつばい》の土曜日《どようび》。

オレは、また店《みせ》の前《まえ》に立《た》って呼《よ》びこみをした。

「新《あたら》しいメニュー、ヘルシーラーメンはいかがですか？　栄養《えいよう》バランス抜群《ばつぐん》です！　カロリーも心配《しんぱい》いりません。ヘルシーラーメンを食《た》べて、美《うつく》しく、健康《けんこう》な体《からだ》を手《て》に入《い》れましょう！」

最初《さいしょ》のうちは、いつものように、みんな通《とお》りすぎていくだけだった。

しかし、何人《なんにん》か足《あし》を止《と》めて、暖簾《のれん》をくぐるようになる。

店《みせ》に客《きゃく》が入《はい》りはじめると、つられるように、続々《ぞくぞく》とお客《きゃく》さんがやってきた。

しかし、ねらっていた若《わか》い女性《じょせい》ではなく、ほとんどが……お年寄《としよ》りばっかり！

「今《いま》まで年《とし》をとった人間《にんげん》が食《た》べられるラーメンがなかったからねえ。これなら健康《けんこう》にもよさそうだし、量《りょう》も少《すく》なくて食《た》べやすい。チャーシューは固《かた》くてかめないけれど、豆腐《とうふ》や卵《たまご》なら入《い》れ歯《ば》でも安心《あんしん》だ」
……って、オレたちも、そこまでは考《かんが》えてなかった。
そういえば、若《わか》い女性《じょせい》よりお年寄《としよ》りの方《ほう》が、商店街《しょうてんがい》には多《おお》く買《か》い物《もの》に来《き》ていたんだ。
でもこうして、店《みせ》の売《う》り上《あ》げは、わずか一週間《しゅうかん》で前《まえ》と同《おな》じくらいにもどった。
どうやら、競争相手《きょうそうあいて》の店《みせ》のオープンセールが終《お》わったことも、追《お》い風《かぜ》になったらしい。
サッカーでいえば、残《のこ》り時間《じかん》あとわずかでの、同点《どうてん》ゴールだ！
あきらめなくて、よかったな……。
兄《にい》ちゃんも、ほめてくれた。
「ハルト！　おまえ、商売《しょうばい》の才能《さいのう》あるよ！」
オレもなんだか、そんな気《き》がする。将来《しょうらい》は店《みせ》を継《つ》いで、さらに商売《しょうばい》を広《ひろ》げようか？
こうして、家《いえ》でもオレのあつかいは、ぐっとよくなった。母《かあ》ちゃんも、ニコニコ顔《がお》で、
「おやつにコンビニのスイーツを買《か》ってきてもいいよ」
なんていってくれる。
……今《いま》だ！　オレはこのチャンスをのがさなかった。

「ねえねえ、アイディアを出《だ》したお礼《れい》に、お小遣《こづか》い上《あ》げて！」

父《とう》ちゃんと母《かあ》ちゃんにたのんだら、

「そうだね。ハルトももうすぐ六年生《ねんせい》だし」

と、二《ふた》つ返事《へんじ》でオッケー！　やった！　これで少《すこ》しは生活《せいかつ》によゆうが出《で》る。

心配《しんぱい》していたサッカークラブも、どうやら続《つづ》けられそうだ。……ほっ。

チビタに感謝《かんしゃ》しなくちゃね。

もし犬《いぬ》のリサイクル事件《じけん》がなかったら、とんこつ亭《てい》は、つぶれていたかもしれないんだから！

ゴミ出《だ》しおばさんの恐怖《きょうふ》

週《しゅう》に四回《かい》のゴミ出《だ》しは、五年生《ねんせい》になってからわたし、愛梨《あいり》の仕事《しごと》。

その朝《あさ》も、今夜《こんや》は楽《たの》しいクリスマスイブだっていうのに、白《しろ》い息《いき》をはきながら、住宅街《じゅうたくがい》の道《みち》を歩《ある》いてゴミ置《お》き場《ば》に向《む》かった。

すると、やだな。またあのおばさんがいた。近所《きんじょ》で「ゴミ出《だ》しおばさん」と呼《よ》ばれている人《ひと》。ときどき、ゴミ置《お》き場《ば》の前《まえ》でどなっている。もうトシなのに、その日《ひ》も赤《あか》と黄色《きいろ》の花柄《はながら》のコートを着《き》ていて、ちょっとイタイ感《かん》じ。

「また前《まえ》の晩《ばん》からゴミを出《だ》した人《ひと》がいる！　ゴミ出《だ》しは、その日《ひ》の朝《あさ》にするって決《き》まってるのに！　まったく困《こま》った困《こま》った！」

そういって、太《ふと》い足《あし》で地面《じめん》を踏《ふ》みならしながら、ずっとあたりを見張《みは》っている。

わたしは、ニコッと作《つく》り笑《わら》いをしながら、おそるおそる白《しろ》いゴミぶくろを置《お》いた。

すると、こんないちゃもんまでつけてくる。

「愛梨《あいり》ちゃん！　お宅《たく》じゃないでしょうね？　ゴミ出《だ》しのルールを守《まも》らないのは！」

きちんと今出《いまだ》しているじゃん、と思《おも》ったけれど、首《くび》をふった。

「うちは、いつもちゃんと出《だ》してます……」

そういって、走《はし》ってにげかえる。

このおばさんちは、うちの二軒《けん》となり。

家《いえ》でも、何《なに》かあると、すぐどなっていて、近所《きんじょ》にもまる聞《ぎ》こえ。今《いま》は大《おお》きくなったけれど、男《おとこ》の子《こ》二人《ふたり》を育《そだ》てるときは、棒《ぼう》でおしりをたたいていたとか。ひどすぎ！

まったく、いつかゴミ置《お》き場《ば》に子犬《こいぬ》が捨《す》てられてたときもおどろいたけれど、近所《きんじょ》にも、いろんな人《ひと》がいるんだよね……。


なんかついてないクリスマス……、と思《おも》ったら、夜《よる》にもまた事件《じけん》が。

ダイニングでローストチキンの食事《しょくじ》の後《あと》、お父《とう》さんお母《かあ》さんと三人《にん》で、ケーキを囲《かこ》んだ。

ココアクリームのブッシュ・ド・ノエル！

そして「メリークリスマス！」って、ロウソクの火《ひ》をふきけしたとたん、お父《とう》さんが……。

「愛梨《あいり》、中学《ちゅうがく》は、海光学園《かいこうがくえん》に進《すす》みなさい！」

きた――――！

口《くち》うるさいお父《とう》さんが、近《ちか》ごろあまり何《なに》もいわずに、なんかこそこそお母《かあ》さんと相談《そうだん》していると思《おも》ったら！

海光学園《かいこうがくえん》は、このあたりでは有名《ゆうめい》な男女共学《だんじょきょうがく》の私立校《しりつこう》。

シーサイドタウンにあることは、わたしも前《まえ》から知《し》ってる。スカートに金《きん》の縁取《ふちど》りがある制服《せいふく》が、超《ちょう》かわいいってことも。

……で・も・ね！

「カイコーガクエン！　あんな、偏差値《へんさち》の超高《ちょうたか》いとこ、無理《むり》だよぉ〜！　中学受験《ちゅうがくじゅけん》するとしても、ミッドタウンにある女子校《じょしこう》とかに行《い》くのかと思《おも》ってた」

思《おも》わず、へらへら笑《わら》ってしまいながら言《い》いかえすと、お父《とう》さんは、すでになんか舞《ま》いあがってしまっている……。

「この前《まえ》の模試《もし》が、すごくいい成績《せいせき》だったじゃないか！　その結果《けっか》を見《み》て、のんびりしていたお父《とう》さんやお母《かあ》さんも気《き》が変《か》わったんだよ。あの成績《せいせき》なら、海光学園《かいこうがくえん》にも合格《ごうかく》できるかもしれない！」

お父《とう》さんは、お母《かあ》さんが切《き》りわけたケーキをほおばりながらしゃべりつづける。建設現場《けんせつげんば》で働《はたら》く、一見《いっけん》こわそうなおっさんなのに、なぜか甘《あま》いものが大好《だいす》きなんだから……！

確《たし》かに成績《せいせき》はこのごろけっこうよくて、この前《まえ》は、グリーンタウンの塾《じゅく》で一番《いちばん》だった。

進一郎《しんいちろう》が、シーサイドタウンの塾《じゅく》に移《うつ》ったせいかもしれないけど……。

お母《かあ》さんも、なぜか期待《きたい》しはじめちゃってるらしい――。

「進一郎《しんいちろう》くんも海光学園《かいこうがくえん》が第《だい》一志望《しぼう》だから、夏期講習《かきこうしゅう》からシーサイドタウンの海光《かいこう》ゼミナールに通《かよ》って本格的《ほんかくてき》に勉強《べんきょう》してるんですって。あちらの塾《じゅく》の方《ほう》が、海光学園《かいこうがくえん》の受験対策《じゅけんたいさく》がしっかりしているからって……」

お父《とう》さんは、フォークを置《お》いて、ビシッといいわたした。

「そうだ！　海光《かいこう》を受《う》けるなら、やっぱり海光《かいこう》ゼミナール！　入塾試験《にゅうじゅくしけん》をかねた模擬試験《もぎしけん》を受《う》けて、二月《がつ》からは、海光《かいこう》ゼミナールに通《かよ》いなさーい！」

ひゃあぁ……。ひぇ〜〜！

だけど、家《うち》はお父《とう》さんが超《ちょう》きびしくて、決《き》めたことにさからうなんて、ぜったいできない家庭《かてい》。何《なに》かいっても焼《や》け石《いし》に水《みず》どころか、十倍《ばい》になって返《かえ》ってきちゃう。

ささやかな反抗《はんこう》で、これだけは確《たし》かめた。

「でも、この冬休《ふゆやす》み、動物保護団体《どうぶつほごだんたい》にお手伝《てつだ》いに行《い》くのだけは、やめないからね！」

お父《とう》さんは、うなずいてくれた。

「……まったく犬《いぬ》なんかの、どこがいいのかわからんが、まあ、冬期講習《とうきこうしゅう》の合間《あいま》に行《い》く分《ぶん》にはかまわない。二月《がつ》からは新《あたら》しい塾《じゅく》が始《はじ》まり、毎日《まいにち》のように通《かよ》うんだから、とてもそうはいかなくなるぞ！」

うわーん！　毎日《まいにち》のように塾《じゅく》って、何《なに》よそれ〜！

わたしの人生《じんせい》、勝手《かって》に決《き》めるなっつーの！

夏休《なつやす》みから、わたしはときどき、グリーンタウンの山《やま》の中《なか》にある動物保護団体《どうぶつほごだんたい》へ、お手《て》伝《つだ》いをしに通《かよ》っている。

最初《さいしょ》は、そこでボランティアをしている菜々子《ななこ》のお母《かあ》さんの自動車《じどうしゃ》に乗《の》せていってもらったけれど、毎回《まいかい》じゃ悪《わる》いから、今《いま》は駅《えき》の向《む》こう側《がわ》のバスロータリーから、市営《しえい》バスに乗《の》っている。

次《つぎ》の日《ひ》の午後《ごご》も、バスで、山《やま》の奥《おく》の施設《しせつ》へ向《む》かった。

駅《えき》をはなれると、住宅《じゅうたく》がとたんに少《すく》なくなり、木《き》がおいしげる丘《おか》に入《はい》る。もうすっかり森《もり》は冬枯《ふゆが》れて、小雪《こゆき》でもちらつきそうな天気《てんき》。バスの窓《まど》ガラスも、車内《しゃない》の暖房《だんぼう》のせいで、うっすらと曇《くも》っていた。

バスに揺《ゆ》られながら、昨日《きのう》親《おや》にいわれたことを、あれこれ思《おも》いかえしてみた。

中学受験《ちゅうがくじゅけん》することは、今《いま》の塾《じゅく》に入《はい》った四年生《ねんせい》のときから自覚《じかく》してたけど、まさか超一流《ちょういちりゅう》の海光学園《かいこうがくえん》を受《う》けるなんて、思《おも》ってもみなかった。

一方《いっぽう》で「海光《かいこう》の生徒《せいと》になれたら」って気持《きも》ちも、なくはない……。

どうせ受験《じゅけん》するなら、……自分《じぶん》に挑戦《ちょうせん》してみる？　愛梨《あいり》？

意外《いがい》に海光受験《かいこうじゅけん》に乗《の》り気《き》になっている自分《じぶん》におどろく。

だけど、ほんとうにだいじょうぶ？

わたしは、国語《こくご》だけはとくいで、あまり勉強《べんきょう》しなくても、いつもいい点《てん》が取《と》れる。

でもあとの科目《かもく》は、自信《じしん》ないよぉ……。特《とく》に算数《さんすう》の超《ちょう》むずかしい文章題《ぶんしょうだい》とか……。

曲《まが》りくねったコンクリートの道《みち》をどこまでものぼった終点《しゅうてん》が、動物保護団体《どうぶつほごだんたい》の駐車場《ちゅうしゃじょう》の前《まえ》。バスを降《お》り、駐車場《ちゅうしゃじょう》の向《む》こうの事務所《じむしょ》に向《む》かった。

まわりには、スタッフ手造《てづく》りの犬《いぬ》やネコの家《いえ》が、たくさんならんでいる。

「こんにちは！」

事務所《じむしょ》に入《はい》ってあいさつすると、スタッフの人《ひと》たちがいそがしそうに動《うご》きまわっていた。

「いらっしゃい！　今日《きょう》、新《あたら》しい犬《いぬ》がたくさん来《き》たところなのよ。さっそく手伝《てつだ》って！」

見《み》れば、白《しろ》いシーズーがいっぱい。シーズーは、毛《け》が長《なが》い小型犬《こがたけん》。

だけど、毛《け》がのび放題《ほうだい》で汚《よご》れ、まるで古《ふる》いモップみたいな状態《じょうたい》。

処置室《しょちしつ》では、若《わか》い男《おとこ》の獣医《じゅうい》さんが、診察《しんさつ》している。いつか三匹《さんびき》の黒《くろ》い子犬《こいぬ》を拾《ひろ》ったとき、手当《てあて》してくれた獣医《じゅうい》さんだ！

獣医《じゅうい》さんとは、ここに通《かよ》うようになってからも、何度《なんど》か顔《かお》を合《あ》わせている。

「こんにちは！」

「今日《きょう》は往診《おうしん》に来《き》たんだよ。犬《いぬ》が一度《いちど》に保護《ほご》されたからね」

聞《き》いたところによると、来《き》た犬《いぬ》は、全部《ぜんぶ》で五匹《ひき》！　もう大人《おとな》の犬《いぬ》たちらしい。

菜々子《ななこ》のお母《かあ》さんは、犬《いぬ》たちのエサを用意《ようい》している。ドッグフードだけじゃ栄養《えいよう》が足《た》りそうにないから、魚《さかな》のアラや肉《にく》で手造《てづく》りのものを与《あた》えている。

「ブリーダーのところにいたんだけれど、飼《か》いきれなくなって、うちに相談《そうだん》がきたの。でも、病気《びょうき》にかかったり、ろくにシャンプーもされていなかったり、ひどいありさま！　せまい所《ところ》にぎゅうぎゅう詰《づ》めで飼《か》われていたのよ！」

ブリーダーというのは、犬《いぬ》の赤《あか》ちゃんを育《そだ》てて売《う》る繁殖業者《はんしょくぎょうしゃ》のこと。

ほとんどのブリーダーはきちんと犬《いぬ》を育《そだ》てているけれど、中《なか》には、お金《かね》をもうけることだけが目《め》あてで、犬《いぬ》の世話《せわ》をちゃんとしない人《ひと》もいるんだって。

シーズーたちは、目《め》やにが出《で》ていたり、シラミがたかっていたりした……！

……かわいそうに。これまでいったいどんな風《ふう》に扱《あつか》われていたんだろう？

犬《いぬ》たちは、毛《け》をカットされ、シャンプーされ、やっとかわいい姿《すがた》にもどっている。

一頭《とう》一頭《とう》の記録《きろく》を作《つく》るための写真《しゃしん》も、撮《と》ってもらっている。

わたしは、スタッフの人《ひと》の指示《しじ》で、シーズーをだっこして写真《しゃしん》を撮《と》るお手伝《てつだ》いをした。

シャンプーした犬《いぬ》の毛《け》にドライヤーを当《あ》てるとき、体《からだ》をおさえている係《かかり》もやった。

一通《ひととお》りの作業《さぎょう》が終《お》わって、犬《いぬ》たちは犬舎《けんしゃ》に入《はい》り、やっと一息《ひといき》。

菜々子《ななこ》のお母《かあ》さんやスタッフの人《ひと》たちと、コーヒーを飲《の》みながら話《はなし》をすると、この団体《だんたい》は最近《さいきん》、ネコも大量《たいりょう》に引《ひ》きとったらしい。

「シーサイドタウンのネコ屋敷《やしき》の子《こ》を、ぜんぶうちで引《ひ》きとったから、ネコばっかりいるのよ。ほんとうは、このシーズーたちも、もっとたくさんいたんだけれど、とてもぜんぶは受《う》けいれられなくて」

わたしも、ネコ屋敷《やしき》のうわさは聞《き》いていた。

「……ネコ屋敷《やしき》のこと、知《し》ってます。テレビで見《み》ました。ネコをたくさん飼《か》いすぎて、エサ代《だい》が足《た》りなくなり、とうとうコンビニ強盗《ごうとう》までやった人《ひと》がいたんですよね。そうやって動物《どうぶつ》を増《ふ》やしすぎちゃう人《ひと》のことをアニマルホーダーっていうんですね。ブリーダーの中《なか》にも、こんなにひどい飼《か》い方《かた》をする人《ひと》がいるし……。ペットたちが、かわいそう……」

百匹以上《ぴきいじょう》いるネコ屋敷《やしき》のネコの一部《ぶ》は、イギリスの動物保護団体《どうぶつほごだんたい》に送《おく》って、飼《か》い主《ぬし》を見《み》つけてもらう予定《よてい》だという。

菜々子《ななこ》のお母《かあ》さんがいった。

「動物《どうぶつ》を飼《か》うときは責任《せきにん》を持《も》つべきだって、もっと世《よ》の中《なか》に知《し》らせていかなくちゃいけないわ。愛梨《あいり》ちゃんも、また作文《さくぶん》に書《か》いて！　きっと前《まえ》みたいにコンクールで入賞《にゅうしょう》するんじゃない？」

わたしも、思《おも》わずうなずいた。

「はい。この冬《ふゆ》は、命《いのち》の大切《たいせつ》さをテーマにした作文《さくぶん》コンクールもあるんです。動物保護《どうぶつほご》についてちゃんと調《しら》べて、まとめてみたいです」

……これからは受験勉強《じゅけんべんきょう》があるから、コンクールに作文《さくぶん》を応募《おうぼ》するのも、この冬休《ふゆやす》みがきっと最後《さいご》……？

これから先《さき》のことを考《かんが》えると、気《き》が重《おも》い。


家《いえ》では作文《さくぶん》を書《か》きつつ、それからも、冬休《ふゆやす》みは毎日《まいにち》のように動物保護団体《どうぶつほごだんたい》に通《かよ》った。

動物保護《どうぶつほご》について、わからないことをスタッフの人《ひと》たちに聞《き》くと、快《こころよ》く教《おし》えてくれた。

今《いま》までは、保健所《ほけんじょ》に保護《ほご》された犬《いぬ》は、何日《なんにち》か経《た》って引《ひ》きとり手がいないと殺処分《さつしょぶん》されていたけれど、殺処分《さつしょぶん》をせず、できるだけ里親《さとおや》を探《さが》そうという自治体《じちたい》も出《で》てきていること。

日本《にほん》よりヨーロッパの動物保護《どうぶつほご》の方《ほう》がずっと歴史《れきし》が古《ふる》く、施設《しせつ》も立派《りっぱ》なこと……。

そんな中《なか》、わたしは、五匹《ひき》のシーズーのうち、チャッピーと名《な》づけられたメス犬《いぬ》となかよくなった。

どうしてだろう。わたしが犬舎《けんしゃ》の前《まえ》を通《とお》ると、この一匹《ぴき》だけすりよってくる。もともと、人《ひと》なつっこい性格《せいかく》なのかもしれない。

「チャッピー！　チャッピー！」

名前《なまえ》を呼《よ》んでやると、目《め》をかがやかせて大喜《おおよろこ》びする。

だけど、ブリーダーの家《いえ》で、ろくな食《た》べ物《もの》を与《あた》えられず、ずっと子犬《こいぬ》を産《う》みつづけていたせいで、歯《は》はボロボロ、毛並《けな》みもボサボサ。せまい場所《ばしょ》に閉《と》じこめられていたせいか、足《あし》が少《すこ》し変形《へんけい》し、散歩《さんぽ》させても、つかれるのかすぐに座《すわ》りこみ、遠《とお》くまで進《すす》めない。

獣医《じゅうい》さんによれば、エサの量《りょう》を増《ふ》やし、栄養《えいよう》を与《あた》えれば、もう少《すこ》し元気《げんき》になるかもしれないということだった。

わたしは、施設《しせつ》に行《い》くたびにチャッピーをだっこして、話《はな》しかけた。

「チャッピー……。うちで飼《か》えなくてごめんね。お父《とう》さんが、むかし犬《いぬ》にかまれたことがあって犬《いぬ》ぎらいなんだ。でも、早《はや》くいい家族《かぞく》が見《み》つかるといいね……」

チャッピーは、うるんだ目《め》で見《み》つめかえす。

《愛梨《あいり》ちゃん！　わたしのことを、こんなにかわいがってくれた人間《にんげん》は、愛梨《あいり》ちゃんがは

じめてなのよ！》

チャッピーに里親《さとおや》が決《き》まったのは、年《とし》が明《あ》け、三《さん》が日《にち》が終《お》わってからだ。

ちょうどわたしが、家族《かぞく》との初詣《はつもうで》や親戚回《しんせきまわ》りで通《かよ》えなかった間《あいだ》のことだった。

この施設《しせつ》に何度《なんど》か足《あし》を運《はこ》んだ人《ひと》が、チャッピーを気《き》に入《い》って、スタッフが、その家《いえ》がほんとうに犬《いぬ》を飼《か》える状況《じょうきょう》か調《しら》べたところ、問題《もんだい》もなかったという。

お別《わか》れの日《ひ》、わたしはシャンプーのすんだチャッピーをだいて事務所《じむしょ》の椅子《いす》に座《すわ》り、その里親《さとおや》さんが来《く》るのを待《ま》っていた。

「チャッピー、もらい手《て》が決《き》まってよかったね！　幸《しあわ》せになってね……！」

でもチャッピーは、何《なに》か不安《ふあん》そうに、わたしの手《て》の中《なか》で小《ちい》さく体《からだ》を丸《まる》めている。

やくそくの時間《じかん》、事務所《じむしょ》の入口《いりぐち》から入《はい》ってきた、その人《ひと》を見《み》て、わたしは椅子《いす》から飛《と》びあがりそうになった。

……赤《あか》と黄色《きいろ》の花柄《はながら》のコート！　ゴミ出《だ》しおばさんだ！

「あらあ！　愛梨《あいり》ちゃん！　あなたがどうしてここにいるの？」

わたしは、この団体《だんたい》でときどき手伝《てつだ》いをしていることを、おそるおそる話《はな》す。

「チャッピーを引《ひ》きとるんですか？」

「ええ！　前《まえ》にも犬《いぬ》を飼《か》っていたことがあってね。その犬《いぬ》は早《はや》く死《し》んじゃったけど、うちはもう子《こ》どもも独立《どくりつ》して家《いえ》を出《で》ていっちゃったし、旦那《だんな》と二人暮《ふたりぐ》らしだから、犬《いぬ》でも飼《か》おうかと思《おも》って……。かわいそうな犬《いぬ》を助《たす》けてあげるって、いいことよね？」

「……え、ええ。まあ」

……でも、前《まえ》の犬《いぬ》は早《はや》く死《し》んじゃったあ？　なんか、いやな予感《よかん》。

スタッフの人《ひと》が、犬《いぬ》をゆずりわたす手続《てつづ》きを進《すす》めている。

菜々子《ななこ》のお母《かあ》さんが、おばさんに話《はな》しかけた。

「首輪《くびわ》やリードは新《あたら》しいものをおつかいになりますか？　ここでも販売《はんばい》していますが」

でも、おばさんは、不《ふ》きげんそうに首《くび》をふった。

「いいえ！　前《まえ》の犬《いぬ》のがまだありますから、もったいないし、けっこうです」

「……でも迷子札《まいごふだ》は、必《かなら》ずつけてくださいね。それから必《かなら》ず家《いえ》の中《なか》で飼《か》ってください」

……だいじょうぶかな、チャッピー。あんなおばさんに飼《か》われるなんて、超不幸《ちょうふこう》だよ！

でもここで、止《と》めに入《はい》ることなんかできない。

スタッフの人《ひと》に「この人《ひと》はやめた方《ほう》がいい」なんていったら、あのおばさんに、どんなにうらまれるかわからないし……。

やがてチャッピーは、おばさんにだっこされ、連《つ》れていかれる。ケージに入《い》れられ、駐《ちゅう》車場《しゃじょう》の自動車《じどうしゃ》に乗《の》せられた。

スタッフの人《ひと》たちと、ならんで手《て》をふってお見送《みおく》り。

窓際《まどぎわ》のチャッピーが、わたしに向《む》かって鳴《な》いているのがわかった。

クーン！　クーン！

《愛梨《あいり》ちゃん！　愛梨《あいり》ちゃん！　もう会《あ》えないの？》

「チャッピー、元気《げんき》でね！　うちの近所《きんじょ》だから、また会《あ》えるよ！」

やがて、自動車《じどうしゃ》は去《さ》っていく。

だけど、悪《わる》い予感《よかん》は的中《てきちゅう》。

それとなく、二軒先《けんさき》のゴミ出《だ》しおばさんの家《いえ》のそばまで行《い》って耳《みみ》をすますと、たまに
「キャン！　キャン！」と鳴《な》くチャッピーの声《こえ》が聞《き》こえてくる。

しかも、チャッピーを散歩《さんぽ》させているところに、なぜか一度《いちど》も出会《であ》わない。

……どうしているのかな？　だいじょうぶかな？　チャッピー！

不安《ふあん》に思《おも》って、うちのお母《かあ》さんに相談《そうだん》した。

「あのゴミ出《だ》しおばさんのところに、犬《いぬ》が引《ひ》きとられていったんだよ」

お母《かあ》さんも、眉《まゆ》をくもらせた。

「それじゃあ、犬《いぬ》も不幸《ふこう》ね……。前《まえ》の犬《いぬ》もよく悲《かな》しそうな鳴《な》き声《ごえ》をあげていたわ。愛梨《あいり》はまだ小《ちい》さかったから、覚《おぼ》えていないでしょうけど」

「……マジ!?」

チャッピーが、エサも与《あた》えられずやせほそっていく姿《すがた》が、頭《あたま》の中《なか》に浮《う》かんで、どうしても消《き》えない。

でもきっとだいじょうぶだよ。心配《しんぱい》しすぎだよ、愛梨《あいり》！

そういって自分《じぶん》の考《かんが》えを打《う》ちけそうとする。だけど……。もし……？

そんなとき、ちょっとワクワクすることがあった。お父《とう》さんが、出張《しゅっちょう》でしばらく留守《るす》になったんだ！　わたしは、ここぞとばかりにお母《かあ》さんにたのんだ。

「せっかくだから、家《うち》でお泊《と》まり会《かい》させて！」

じつは、菜々子《ななこ》やレイナの家《いえ》でも、お泊《と》まり会《かい》をしたことがある。だけど、家《うち》はお父《とう》さんが口《くち》うるさすぎるから、とても家《いえ》に二人《ふたり》を泊《と》めたりできなかった。いっしょにどなりつけられたりしたら、気《き》の毒《どく》だし。

「まあ、いいでしょう。お泊《と》まり会《かい》なんかできるのも、受験前《じゅけんまえ》これが最後《さいご》だし……」

ラッキー！　そうだ。まだ菜々子《ななこ》とレイナに話《はな》してなかった。海光学園《かいこうがくえん》を受《う》けるために、塾《じゅく》をかわること。そろそろいいださないとね……。

二人《ふたり》がやってきた土曜日《どようび》の夜《よる》。

家《うち》のお母《かあ》さんと四人《にん》で、スキヤキ鍋《なべ》を囲《かこ》んだ夕食《ゆうしょく》。

テレビをいっしょに見《み》てゲラゲラ笑《わら》ったり、順番《じゅんばん》にお風呂《ふろ》に入《はい》ったり……。

そしてお待《ま》ちかねは、二階《かい》のわたしの部屋《へや》に、ぎゅうぎゅう詰《づ》めに三人分《にんぶん》の布団《ふとん》をしいてのお泊《と》まり。わたしは普段《ふだん》も、和室《わしつ》の勉強机《べんきょうづくえ》のそばに、布団《ふとん》をしいて寝《ね》ている。

二人《ふたり》とも、この日《ひ》のために、新《あたら》しいパジャマを買《か》ってもらったんだって。

レイナは、水色《みずいろ》の地《じ》に白《しろ》や黄色《きいろ》の星《ほし》が入《はい》った柄《がら》。菜々子《ななこ》は、ピンクでうさぎの模様《もよう》が入《はい》ったかわいいパジャマ。わたしはいつもの赤《あか》いチェックのパジャマ。

自分《じぶん》は真《ま》ん中《なか》に寝《ね》て、レイナと菜々子《ななこ》が左右《さゆう》の布団《ふとん》に入《はい》る。

すぐに切《き》りだした。

「わたし、海光学園《かいこうがくえん》を受験《じゅけん》するんだ。お父《とう》さんがそうしろって……」

レイナと菜々子《ななこ》が、寝《ね》たまま同時《どうじ》にこっちをふりかえった。

「すっごーい！　ホント？」

「親《おや》が急《きゅう》にいいだしたんだよ。だから二月《がつ》からシーサイドタウンの塾《じゅく》に通《かよ》うかも。進一郎《しんいちろう》といっしょのとこ」

レイナが、力強《ちからづよ》くいった。

「愛梨《あいり》なら、ぜったい受《う》かるよ！　いつもまじめに勉強《べんきょう》してるし！」

菜々子《ななこ》は、心《こころ》ぼそそうにいっている。

「そうか。やっぱり愛梨《あいり》は私立《しりつ》の中学《ちゅうがく》に行《い》くんだね。ちがう中学《ちゅうがく》に行《い》っても、友《とも》だちでいてね……！」

「……もちろん！　家《いえ》も近《ちか》いし、ちがう学校《がっこう》になったって、友《とも》だちでいられるよ。それに、もし受《う》かったらの話《はなし》だから……」

すると、レイナがこういいだす。

「進一郎《しんいちろう》も海光《かいこう》を目《め》ざしてるんだよね。ねえ、進一郎《しんいちろう》みたいな男子《こ》、どう思《おも》う？」

こういう話《はなし》は、女子《じょし》どうしでよくやってる。男子《だんし》それぞれの名前《なまえ》を挙《あ》げて、タイプだとか、あいつはイマイチだとか……。わたしは、こう答《こた》えた。

「わたしのイメージは、動物好《どうぶつず》きでやさしくて、まじめ！　菜々子《ななこ》は？」

「電車《でんしゃ》の中《なか》で助《たす》けてくれたとき、たのもしかった」

菜々子《ななこ》は、このごろなんだか、前《まえ》よりハキハキしゃべるようになってきた。

レイナが菜々子《ななこ》にたずねる。

「それで菜々子《ななこ》は、ハルトのことはどう思《おも》ってるの？」

菜々子《ななこ》は、しばらく布団《ふとん》のはじをにぎりしめてだまっていたけれど、とつぜんカミングアウトしたんだ。

「じつは……。はずかしかったから、今《いま》までだまってたけど、いっちゃうね……。高校生《こうこうせい》にからまれてたところ、ハルトがいろいろ助《たす》けてくれたんだ」

思《おも》わず、レイナもわたしも、布団《ふとん》から起《お》きあがった。

「うっそー！　聞《き》いてないよ！　なになに？　何《なに》があったの！」

菜々子《ななこ》は、布団《ふとん》の上《うえ》に座《すわ》って話《はな》してくれた。ハルトが駅《えき》で待《ま》っていたこと。電話《でんわ》したらかけつけてきたこと……。

レイナは、しみじみといった。

「ハルトは、ほんとうに菜々子《ななこ》のことが好《す》きなんだね！」

わたしもいった。

「なんだかハルトを見直《みなお》したよ。とんこつ亭《てい》も、自分《じぶん》のアイディアで立《た》てなおしたっていうし。やっぱり行動力《こうどうりょく》あるよね。けっこう女子《じょし》に人気《にんき》あるしぃ……」

「で、菜々子《ななこ》は？　いったいどう思《おも》ってるのよっ」

レイナと二人《ふたり》で身《み》を乗《の》りだす。

菜々子《ななこ》は、座《すわ》ったまま胸《むね》に右手《みぎて》を当《あ》ててうつむいている。……そのときだ！

キャン！　キャン！　キャン！

夜《よる》の空気《くうき》をつんざくような、犬《いぬ》の悲鳴《ひめい》が聞《き》こえてきた。

いつもはすぐ静《しず》かになるのに、ずっと鳴《な》いている……チャッピー！

「まただ！　もう聞《き》いてられない！」

わたしは、両手《りょうて》で左右《さゆう》の耳《みみ》を押《お》さえた。二人《ふたり》に、ゴミ出《だ》しおばさんの家《いえ》にもらわれていったチャッピーの話《はなし》をする。

菜々子《ななこ》が、話《はなし》を聞《き》くなり、さけんだ。

「ダメ！　あの声《こえ》は、だれかに助《たす》けを求《もと》めている声《こえ》だよ！　すぐなんとかしなきゃ！」

そして、家《いえ》にいるお母《かあ》さんに携帯《けいたい》で電話《でんわ》しはじめたんだ。

「大変《たいへん》だよママ！　すぐチャッピーを助《たす》けにいかないと！」

次《つぎ》の日《ひ》の朝《あさ》九時《じ》、菜《な》々《な》子《こ》のお母《かあ》さんと、もう一人《ひとり》動物《どうぶつ》保護《ほご》団体《だんたい》のスタッフの男《おとこ》の人《ひと》が、ゴミ出《だ》しおばさんの家《いえ》に乗《の》りこんでいった。犬《いぬ》をゆずりわたした後《あと》の、アフターケアという名目《めいもく》で、ようすを見《み》にいったんだ。

わたしやレイナ、菜《な》々《な》子《こ》は、家《うち》の門《もん》のかげから、そのようすをのぞいていた。

玄関先《げんかんさき》で何《なに》か話《はな》し合《あ》う声《こえ》が聞《き》こえ、やがて、菜《な》々《な》子《こ》のお母《かあ》さんにだっこされてチャッピーが出《で》てくる。

「チャッピー！」

わたしが走《はし》りよると、チャッピーは気《き》づいて、こっちに身《み》を乗《の》りだした。

《……愛梨《あいり》ちゃん！》

菜《な》々《な》子《こ》のお母《かあ》さんがいった。

「背中《せなか》に小《ちい》さな傷《きず》があったのが証拠《しょうこ》になったわ。問《と》いただしたら、犬《いぬ》を棒《ぼう》でたたいていたんですって……。しつけのつもりだっていってたけど、とんでもないぎゃくたいだわ！だから返《かえ》してもらってきました」

「ええ？　棒《ぼう》でたたいてた？」

ゾッとして、背中《せなか》に悪寒《おかん》が走《はし》った。ひどいっ……！

「……ごめんなさい！」

わたしは、頭《あたま》を下《さ》げた。菜々子《ななこ》のお母《かあ》さんにではなく、チャッピーに……。

涙《なみだ》があふれて、止《と》まらなかった。

「気《き》の荒《あら》い人《ひと》だって知《し》ってたんです。でも、まさか犬《いぬ》をたたくなんて、思《おも》いもしなくて」

気《き》づいていながら、気《き》づかないふりをしてながめていることが、こんなにこわいことだって、はじめて知《し》ったよ……。

菜々子《ななこ》のお母《かあ》さんもいった。

「わたしたちも、家庭《かてい》のようすは調査書《ちょうさしょ》なんかでよく調《しら》べたんだけれどね。その人《ひと》の性格《せいかく》までは見《み》ぬけなかったの。愛梨《あいり》ちゃんのせいじゃないわ。これからは、もっとよくよく気《き》をつけてゆずりわたさないと……」

わたしは、そばにいた菜々子《ななこ》にもお礼《れい》をいった。

「ありがとう。菜々子《ななこ》がお母《かあ》さんにいってくれなかったら、もっとひどいことになってたかも。ちゃんと通報《つうほう》しなかったわたしがバカだった……」

「……うん。愛梨《あいり》のせいじゃないよ。でも、お泊《と》まり会《かい》が、チャッピーを助《たす》けるきっかけになって、よかったね！」

こうしてチャッピーは、また動物保護団体《どうぶつほごだんたい》で暮《く》らしはじめた。

一月《がつ》も半《なか》ばになり、「かけがえのない命《いのち》・作文《さくぶん》コンクール」の締《し》め切《き》りがせまっていた。わたしは、動物保護《どうぶつほご》について、今《いま》まで経験《けいけん》したことや、調《しら》べたことをまとめ、応募《おうぼ》することにした。

ゴミ置《お》き場《ば》で子犬《こいぬ》を拾《ひろ》ったことや、ネコ屋敷《やしき》のこと、今回《こんかい》のチャッピーのように、ぎゃくたいされるペットがいることも書《か》いた。

もちろん、「ゴミ出《だ》しおばさん」だとは、ぜったいわからないように、ぼやかして書《か》いたよ。万《まん》が一《いち》、作文《さくぶん》を読《よ》まれたりしたら、たいへんだもん。

だけど、飼《か》い主《ぬし》としてふさわしくない人《ひと》には、ぜったいペットをゆずりわたしてはならない、ということはしっかり強調《きょうちょう》した。

作文《さくぶん》の応募《おうぼ》が終《お》わった一月《がつ》の終《お》わり、またチャッピーに会《あ》いにいった。

犬舎《けんしゃ》で暮《く》らすチャッピーは、前《まえ》よりさらに元気《げんき》がない。ぐったりした感《かん》じでずっと寝《ね》そべっている。

「だいじょうぶ？　せっかく体《からだ》の調子《ちょうし》もよくなりかけていたのに……。

チャッピー、ごめんね。あんなひどい家《いえ》に行《い》かせちゃって……」

クーン！

《いいの、愛梨《あいり》ちゃん。でもこれからも、わたしに会《あ》いにきてね！　毎日首《まいにちくび》を長《なが》くして待《ま》ってるから！》

わたしは、犬舎《けんしゃ》の中《なか》に入《はい》り、チャッピーをぎゅっとだきしめる。

「家《うち》で飼《か》ってあげられなくて、ホントにごめんね！」

じつは、入塾試験《にゅうじゅくしけん》にも受《う》かり、二月《がつ》からはシーサイドタウンの海光《かいこう》ゼミナールに通《かよ》うことが、本決《ほんぎ》まりになってしまった。

これからは、チャッピーにはなかなか会《あ》いにいくこともできない。でもそんなこと、とてもチャッピーにはいえなかった。

ひどい目《め》にあわせて、さみしい思《おも》いをさせて、許《ゆる》してね、チャッピー……！

涙《なみだ》のバレンタイン

夜七時《よるしちじ》。一月《がつ》の北風《きたかぜ》が、びゅうびゅう音《おと》を立《た》てて窓《まど》にふきつけている。

妹二人《いもうとふたり》と弟一人《おとうとひとり》が、わいわい遊《あそ》びまわるマンションの子《こ》ども部屋《べや》。

そのすみっこで、あたしレイナは、ひっそり体育座《たいいくずわ》りをし、本《ほん》を開《ひら》いた。

お母《かあ》さんが仕事《しごと》から帰《かえ》ってくるまで、妹《いもうと》や弟《おとうと》が、ケガをしたりしないよう見張《みは》っているのが、長女《ちょうじょ》のあたしの役目《やくめ》。だけど、超《ちょう》うるさくってやんなっちゃう……！

「大姉《おおねえ》ちゃん！　いっしょに遊《あそ》んでよ！」

うでを引《ひ》っぱる妹《いもうと》たちを、しっしと追《お》いはらう。

「ダメ！　今《いま》、真剣《しんけん》なの！」

「めずらしいな。レイナが本《ほん》を読《よ》むなんて！」

あたしは、そばにあったクッションを、弟《おとうと》に投《な》げる。

「じゃますんなって！　それに姉《ねえ》ちゃんのこと呼《よ》び捨《す》てにすんな！」

いったいどんな本《ほん》を読《よ》もうとしていたのかって？

最近《さいきん》、当《あ》たるってうわさの誕生日占《たんじょうびうらな》いの本《ほん》。クラスの友《とも》だちに貸《か》してもらった。

もちろん、だれとのことを占《うらな》うかなんて、ぜったいヒミツだけどね。

そしてええと、八月一日生《がっついたちう》まれは……。

ページをめくる手《て》が、緊張《きんちょう》で震《ふる》える。……あった！

女子《じょし》と男子《だんし》の欄《らん》があって、もちろん男子《だんし》の方《ほう》を読《よ》む。

この日生《ひう》まれの男《おとこ》の子《こ》は、行動力《こうどうりょく》があるスポーツマン。

……へえ、当《あ》たってるじゃん！

おとなしく、口数《くちかず》も少《すく》ないくらいの女子《じょし》が好《この》み。

あたしは思《おも》わず、その本《ほん》を、近《ちか》くに転《ころ》がっていたクッションにたたきつけた。

「ちぇっ、なんだよー！　くっそー！　どいつもこいつも！」

遊《あそ》んでいた妹《いもうと》や弟《おとうと》が、びっくりしてふりむく。とたんに我《われ》にかえって、本《ほん》を拾《ひろ》う。

「ごめんごめん。本《ほん》を乱暴《らんぼう》にあつかったらいけないよね……。お姉《ねえ》ちゃんの真似《まね》をしたら、いけませんよぉ」

本《ほん》のほこりをはたくふりをし、もう一度《いちど》ページを開《ひら》いて続《つづ》きを読《よ》む。


自分《じぶん》につくしてくれる女《おんな》の子《こ》にも弱《よわ》い。めんどう見《み》がいいお姉《ねえ》さんタイプもオーケー！


……よし、こっちだ！　まだ可能性《かのうせい》あるかな？

——なんて。未練《みれん》がましく、どーして恋占《こいうらな》いなんかしてるんだよ、レイナ。

あたしは、体育座《たいいくずわ》りの上《うえ》に、腕組《うでぐ》みをして、顔《かお》をうずめた。

答《こた》えはもう決《き》まってるじゃない。……ハルトは、菜々子《ななこ》が好《す》きなんだ。

お泊《と》まり会《かい》で、菜々子《ななこ》からハルトとのこと聞《き》いて、それはもう、決定的《けっていてき》になった。

前《まえ》からわかっていたとはいえ、あのときのショックは、いまだに和《やわ》らいでいない。

……せつないね。ハルトを見《み》かけるだけで、なんだかすごくうれしくて、ハルトのあの切《き》れ長《なが》の目《め》を思《おも》い出《だ》すだけで、胸《むね》がキュンとなるのに……。

ハルトは確《たし》かに、ケンカっ早《ぱや》くて、はりきってがんばるわりにはすぐズッコケて、……

ダメなところもいっぱいある。

でもサッカーで、一心不乱《いっしんふらん》にボールを追《お》っているのを見《み》て、……好《す》きになっちゃった。

なんにでも、まっすぐにつきすすむ姿《すがた》が、まぶしかったんだ。

なのに実際《じっさい》、会《あ》ったときには、そっけない口《くち》のきき方《かた》しかできない。

向《む》こうも、気《き》が強《つよ》くて、いばってる女《おんな》、って思《おも》ってるだろうな……。

でもさ、ハルト。あたしもいろいろ、あんたのためを思《おも》ってやってるんだよ。

菜々子《ななこ》の発表会《はっぴょうかい》に誘《さそ》ったり、家《うち》の自動車《じどうしゃ》に乗《の》せていってって、めんどうくさがるお母《かあ》さんを説得《せっとく》したり……。

でもこれって、けっきょく菜々子《ななこ》との仲《なか》を、さらに後押《あとお》ししてるだけだよね。

自分《じぶん》でも、何《なに》してるんだろうって、思《おも》う。バカだよね。

気《き》がつくと、いつも他人《たにん》の世話《せわ》ばっかり。

だけど、やめられない。──ハルトが喜《よろこ》ぶ顔《かお》を、見《み》たいから……、なーんちゃってね。

菜々子《ななこ》も愛梨《あいり》も、あたしが彼《かれ》を好《す》きだなんて、まったく想像《そうぞう》もしてないみたいだけど。

あたしはますますハルトのことを、好《す》きになるばかり……。

ガチャリと、玄関《げんかん》のドアが開《ひら》く音《おと》がして、やっとお母《かあ》さんが帰《かえ》ってきた。

妹《いもうと》や弟《おとうと》たちが、かけつけていく。

グレーのコートに、スーパーの買《か》い物《もの》ぶくろをさげたお母《かあ》さんは、疲《つか》れた顔《かお》で立《た》っていた。

「レイナ、何《なに》か変《か》わったことはなかった？」

「宅配便《たくはいびん》が来《き》たから、受《う》けとっといた」

「ありがと、今夜《こんや》はお鍋《なべ》にするから、手伝《てつだ》って」

それから大急《おおいそ》ぎで、お母《かあ》さんと二人《ふたり》、夕食《ゆうしょく》の支度《したく》。

となりで野菜《やさい》を切《き》っているお母《かあ》さんは、なんだか元気《げんき》がない。

去年《きょねん》の六月《がつ》に、お母《かあ》さんのお父《とう》さん、つまりおじいちゃんが死《し》んで、おじいちゃんの愛《あい》犬《けん》マロンまで天国《てんごく》に行《い》って、……ずっとしずんだ表情《ひょうじょう》のまま。

お父《とう》さんは単身赴任《たんしんふにん》で、たまにしか家《いえ》に帰《かえ》ってこないから、話《はな》し相手《あいて》がいなくてさみしいのかな。

「お母《かあ》さん。なんだかこのごろ元気《げんき》ないんじゃない？」

ご飯《はん》をお茶碗《ちゃわん》によそいながら、さすがに気《き》になって話《はな》しかけてみた。

「どうも気分《きぶん》がしずんでね。亡《な》くなったおじいちゃんや、マロンのことを思《おも》い出《だ》すと……。マロンが子犬《こいぬ》のころは、お母《かあ》さんもまだ結婚前《けっこんまえ》で実家《じっか》にいたから」

ヤバい。泣《な》きだしそうな顔《かお》してる。よけいなこといっちゃったかな？

そこで、わざと明《あか》るい声《こえ》を出《だ》して、こういった。

「うちも、ペットが飼《か》えたらよかったのにね。そしたら、少《すこ》しは癒《い》やされたかも……」

すると、青白《あおじろ》かったお母《かあ》さんの横顔《よこがお》に、ほんのり赤味《あかみ》がさした。

「……じつは、お母《かあ》さんもペットを飼《か》えたらなって思《おも》っていたところなの。この間《あいだ》、聞《き》いたんだけど、マンション住《ず》まいでペットを飼《か》えなくても、飼《か》う方法《ほうほう》があるんですって？ 菜々子《ななこ》ちゃんのお母《かあ》さんが、保護者会《ほごしゃかい》のとき話《はな》していたの」

「え？ 飼《か》えなくても飼《か》う方法《ほうほう》があるって……？ 何《なに》それ？」

翌日《よくじつ》、学校《がっこう》で菜々子《ななこ》に確《たし》かめると、それはこういうことだった。菜々子《ななこ》のお母《かあ》さんがボランティアをしている動物保護団体《どうぶつほごだんたい》に、特別《とくべつ》な制度《せいど》があったんだ。

家《いえ》がペット禁止《きんし》だったり、仕事《しごと》がいそがしかったりして、犬《いぬ》やネコを飼《か》えない人《ひと》も、エサ代《だい》や医療費《いりょうひ》などの費用《ひよう》をはらえば、ペットの「スポンサー」になることができるんだって。

ペットの世話《せわ》は団体《だんたい》が行《おこな》い、会《あ》いたいときには、いつでも施設《しせつ》に行《い》って、その子《こ》と遊《あそ》ぶことができる。つまり、家《いえ》で飼《か》わなくても、飼《か》い主《ぬし》になることができるってわけ。

犬《いぬ》やネコの中《なか》にも、家庭《かてい》で飼《か》うのがむずかしく、なかなか里親《さとおや》が決《き》まらない子《こ》がいる。年《とし》をとっていたり、体《からだ》に障害《しょうがい》があったり、特別《とくべつ》な介護《かいご》が必要《ひつよう》だったり、ぎゃくたいされたせいで人間《にんげん》に心《こころ》を閉《と》ざしていたり……。

飼《か》いたくても飼《か》えない人《ひと》に、そういう子《こ》のスポンサーになってもらえば、おたがいの条《じょう》件《けん》がマッチするっていうわけ！

「……それ、いいじゃん！」

菜々子《ななこ》も、いっしょに話《はなし》を聞《き》いていた愛梨《あいり》も、賛成《さんせい》してくれた。

愛梨《あいり》は、あたしのこと、うらやましがってたよ。

「いいなあ！　菜々子《ななこ》だけじゃなくて、レイナんちも飼《か》い主《ぬし》になるのかぁ！　家《うち》は、犬《いぬ》のスポンサーになるのだって、ぜったい許《ゆる》してくれないだろうな……」

お父《とう》さんは、あたしが電話《でんわ》をかけて説得《せっとく》した。

「なんか近《ちか》ごろ、お母《かあ》さん、元気《げんき》なくてさ〜。それに、毎日世話《まいにちせわ》をしなくてもいいんだから、心配《しんぱい》ないよ！」

お母《かあ》さんの元気《げんき》がないことを強調《きょうちょう》すると、すぐにオーケーが出《で》た。

妹《いもうと》や弟《おとうと》もはしゃいでいる。

「わあい！　家《うち》が犬《いぬ》の飼《か》い主《ぬし》になるの？」

数日後《すうじつご》、さっそくみんなで自動車《じどうしゃ》に乗《の》り、動物保護団体《どうぶつほごだんたい》に出《で》かけていった。

ずらりとならんだ犬舎《けんしゃ》を回《まわ》り、候補《こうほ》の犬《いぬ》を紹介《しょうかい》してもらう。犬舎《けんしゃ》といっても、人《ひと》が数人《すうにん》立《た》って入《はい》れるくらい大《おお》きい。あたしが思《おも》っていた以上《いじょう》に、お母《かあ》さんは犬好《いぬず》きで、「あの子《こ》もかわいい。こっちの子《こ》もいい」と迷《まよ》っている。

すると、フレンドリーな犬《いぬ》もいる中《なか》で、暗《くら》くしずんだ目《め》をした一匹《いっぴき》の黒《くろ》いオス犬《いぬ》がいた。名前《なまえ》は、リュウという。もう六歳《さい》の細身《ほそみ》の犬《いぬ》だ。

菜々子《ななこ》のお母《かあ》さんが、うちのお母《かあ》さんに説明《せつめい》している。

「この子《こ》は、山《やま》の中《なか》をさまよっているところを、保護《ほご》されたんです。ずっと針金《はりがね》がからまっていたせいで、前足《まえあし》が一本《いっぽん》動《うご》かなくなっちゃったんですけどね。子《こ》どものときから、野犬《やけん》として育《そだ》ったのか、まったく人《ひと》にはなつかなくて」

「……そうなんですか。かわいそうにね」

「特《とく》に、大人《おとな》の男性《だんせい》が苦手《にがて》で、近《ちか》づくととてもこわがります。きっと前《まえ》に暴力《ぼうりょく》をふるわれたことがあるんでしょう。でも、女性相手《じょせいあいて》なら、ぜったいうなったりしないし、背中《せなか》をなでてやると、たまにうれしそうな顔《かお》をします。ただとても気《き》まぐれで、散歩《さんぽ》させると、あっちこっち自分《じぶん》の好《す》きな方《ほう》に歩《ある》いて、ぜったいゆずりません」

黒《くろ》い犬《いぬ》は、犬舎《けんしゃ》のネットごしにのぞきこんでも、知《し》らん顔《かお》をしている。

どうやら、知《し》らない人間《にんげん》のことは、まだ警戒《けいかい》しているようだ。

「……じゃあ、この犬《いぬ》にします」

お母《かあ》さんは、すぐに決断《けつだん》した。

「え？」

菜々子《ななこ》のお母《かあ》さんが、ふしぎそうに顔《かお》を見返《みかえ》した。お母《かあ》さんは、ほほえんで説明《せつめい》した。

「そんな不幸《ふこう》な境遇《きょうぐう》の犬《いぬ》が、もしわたしたちになついてくれたらうれしいんです。我《わ》が家《や》は今《いま》、夫《おっと》が単身赴任中《たんしんふにんちゅう》で、大人《おとな》の男性《だんせい》がいないから、こわがらせなくてすみますし。それに、飼《か》うのがむずかしい犬《いぬ》ほど、スポンサーのなりがいもあるしね。どう？　レイナは？」

あたしも、うなずいた。菜々子《ななこ》から聞《き》いて、心《こころ》を閉《と》ざしている犬《いぬ》も、愛情《あいじょう》を注《そそ》げば、だんだん変化《へんか》してくることを知《し》っている。

「いいよ。お母《かあ》さんが好《す》きな犬《いぬ》が一番《いちばん》だし。かわいそうな身《み》の上《うえ》だよね……。だれかが愛《あい》してあげなきゃね……」

こうして、リュウに決定《けってい》！

料金《りょうきん》をはらうと、リュウの写真《しゃしん》が入《はい》ったスポンサーの証明書《しょうめいしょ》をもらった。これとは別《べつ》に、リュウのようすが書《か》かれた報告書《ほうこくしょ》が、定期的《ていきてき》に家《いえ》に届《とど》けられる。

とはいえ、この施設《しせつ》は我《わ》が家《や》から近《ちか》いから、けっきょくお母《かあ》さんの仕事《しごと》が休《やす》みの日《ひ》には、みんなでしょっちゅうリュウに会《あ》いにいくことになった。

リュウは、あっという間《ま》にあたしたちの顔《かお》を覚《おぼ》え、そのうち姿《すがた》が見《み》えるだけで、犬舎《けんしゃ》の中《なか》で、うれしそうにしっぽをふるようになった。
ちょっと親《した》しくなっただけですごい変化《へんか》！
でも、散歩《さんぽ》はやっぱりたいへん。まったく自分勝手《じぶんかって》で、走《はし》ったり、飛《と》びまわったり。
こっちのことなんかまったく気《き》にせず、好《す》き勝手《かって》に動《うご》きまわっている。
ワンワン！
≪おいらは、気《き》ままに生《い》きていくんだぜ。
だれのいうことも聞《き》かないよ！≫

リュウのことでバタバタしているうち、二月《がつ》に入《はい》った。
するとある日《ひ》の下校途中《げこうとちゅう》、そわそわしていた菜々子《ななこ》が、いきなりあたしに、……こうたのんできたんだ！
「……ねえレイナ、今度《こんど》ハルトにバレンタインのチョコあげようと思《おも》うの。……そのとき、いっしょにいてくれない？」

……な、なんで？　ハルトに？　チョコ？

菜々子《ななこ》はときどき、思《おも》いがけないことをポンといいだす。

愛梨《あいり》が、興味《きょうみ》しんしんで聞《き》いている。

「やっぱり菜々子《ななこ》もハルトのこと好《す》きだったんだね！　急接近中《きゅうせっきんちゅう》ってこと？」

菜々子《ななこ》は首《くび》をふった。

「ううん、そういうわけじゃないよ。ただ、いろいろ助《たす》けてもらったし、発表会《はっぴょうかい》にも来《き》てもらったし」

嫉妬《しっと》で胃《い》がキリキリしてきた。両足《りょうあし》の先《さき》が、さあっと冷《つめ》たくなった。

……なのに、あたしはこう口走《くちばし》ったんだ。

「いいよぉ！　あたしが、立《た》ち会《あ》い人《にん》になるってわけね！」

「ありがとう！　やっぱレイナはいつもたよりになる！」

菜々子《ななこ》は、あたしの肩《かた》に飛《と》びついて、ほっとした顔《かお》をしてる。

バレンタインデーの日《ひ》、愛梨《あいり》はちょうど塾《じゅく》があり、いっしょに来《こ》られないという。

つまり、あたしと菜々子二人《ななこふたり》で、ハルトに会《あ》うことになってしまった。

話《はなし》はどんどん進《すす》んでいく。めまいがしそう。菜《な》々《な》子《こ》はチョコ作《づく》りまで提案《ていあん》してきた。

「今度家《こんどうち》でチョコ作《つく》るから、いっしょに作《つく》ろう！　もちろん友《とも》チョコもね！　で、レイナや愛梨《あいり》は、だれか男子《だんし》にチョコあげないの？」

あたしは、ボソッと答《こた》えた。

「……家族《かぞく》くらいかなあ」

愛梨《あいり》もはりきっている。

「わたしは、お父《とう》さんに作《つく》る！　甘《あま》い物好《ものす》きだから」

その後《あと》、何《なに》を話《はな》したのかもあまりおぼえてない。

二人《ふたり》と別《わか》れ、マンションに帰《かえ》る。子《こ》ども部屋《べや》の床《ゆか》にランドセルを放《ほう》りなげると、その場《ば》にストンと座《すわ》りこんだ。

……バカ！　レイナ！　いったい何《なに》やってるの？

このままじゃ、ハルトと菜《な》々《な》子《こ》は両想《りょうおも》いになっちゃうじゃない！

そしてとうとう、菜《な》々《な》子《こ》の家《いえ》に集《あつ》まって、チョコ作《づく》り大会《たいかい》。

みんなでエプロンと三角巾《さんかくきん》をして、本格的《ほんかくてき》にがんばった。菜々子《ななこ》のお母《かあ》さんに教《おし》えてもらいながら、ハート形《がた》のチョコを作《つく》っていく。

板《いた》チョコを電子《でんし》レンジで溶《と》かして、ハートの型《かた》に入《い》れ、上《うえ》に、カラフルなハート形《がた》の小《ちい》さなお砂糖《さとう》を乗《の》せる。冷《ひ》やして型《かた》からぬく。

友《とも》チョコは、その場《ば》で交換《こうかん》して食《た》べた(笑)。家族用《かぞくよう》のは、ビニールのふくろに入《い》れる。

ハルトのだけ、菜々子《ななこ》が用意《ようい》した四角《しかく》い箱《はこ》に入《い》れ、リボンをかけたら、できあがり！

菜々子《ななこ》のお母《かあ》さんは、目《め》をほそめて笑《わら》っていた。

「ほんとうにハルトくんにわたすの？」

菜々子《ななこ》は、ウキウキした顔《かお》で、まったくくったくがない。

「うん！　喜《よろこ》んでくれるとうれしいな！」

やがて、バレンタインデーがやってくる。

学校《がっこう》ではチョコをわたしてはいけない決《き》まりになっていたから、ちょうどハルトが家《いえ》に帰《かえ》ったころ、菜々子《ななこ》と二人《ふたり》で、とんこつ亭《てい》に行《い》った。

店《みせ》に入《はい》って、ハルトのお母《かあ》さんに声《こえ》をかけ、呼《よ》びだしてもらう。

「え？　なになに？」

すぐに、ハルトが奥《おく》から出《で》てきた。

「……ほら、早《はや》く」

あたしが、菜々子《ななこ》をつつく。菜々子《ななこ》が、手《て》さげからチョコの箱《はこ》を取《と》りだす。

チョコを見《み》たときのハルトの顔《かお》といったらなかった。あたしは思《おも》わず、目《め》をそむける。

菜々子《ななこ》は、ハルトにチョコをわたしながら、こういった。

「いろいろ、ありがとう。これ、お礼《れい》のチョコ……」

「あ、ありがと！」

ハルトは、チョコを胸《むね》にだいて、目《め》をうるませていた。

ハルトのお母《かあ》さんや、お父《とう》さんも「へえ～」とびっくりして、二人《ふたり》をながめている。店《みせ》のお客《きゃく》さんたちも、あっけにとられている。

菜々子《ななこ》は、目的《もくてき》を達成《たっせい》すると、

「じゃあ、またね！」

と、すぐに背《せ》を向《む》けて、入口《いりぐち》の引《ひ》き戸《ど》を開《あ》け、外《そと》に飛《と》びだしていく。

あたしも、それを追《お》いかけながら、がんばって笑顔《えがお》を作《つく》って、

「よかったね！　ハルト！」

と一瞬《いっしゅん》だけふりむく。でもハルトは、もはや菜々子《ななこ》しか目《め》で追《お》っていない。

またがーんと悲《かな》しくなって、店《みせ》の外《そと》に出《で》た。菜々子《ななこ》の声《こえ》は、はずんでいた。

「ああ、ほっとした〜。レイナ、ありがとう。これでお礼《れい》もできたし、すっきりした」

あたしは、悲《かな》しい予感《よかん》で、ドン底《ぞこ》まで落《お》ちこんだ。

きっとこれから、二人《ふたり》はさらになかよくなっていくんだろうな……。

泣《な》きそうになったのを、ぐっとこらえる。あたしとしたことが、声《こえ》までかすれている。

「じゃ、ちょっと買《か》い物《もの》していくから、こ、ここで……」

店《みせ》を出《で》ていくらも歩《ある》かないうちに、菜々子《ななこ》と別《わか》れたんだ。

じつは、こういうピンチの日《ひ》のために、計画《けいかく》していたことがあった。

それは、犬《いぬ》のリュウに、バレンタインの犬用《いぬよう》ケーキを届《とど》けること！

つらいバレンタインデーを乗《の》りきるには、リュウといっしょに過《す》ごすのが一番《いちばん》いいよう

な気《き》がした。お母《かあ》さんも乗《の》り気《き》で、仕事《しごと》を早《はや》めに切《き》りあげて妹《いもうと》や弟《おとうと》をむかえにいき、動物《どうぶつ》保護団体《ほごだんたい》で落《お》ちあうことになっている。

ハルトの店《みせ》のすぐそばのペットショップで、お母《かあ》さんから預《あず》かったお金《かね》で犬用《いぬよう》ケーキを購入《こうにゅう》。

「はい、千五百円《えん》です！」

って、けっこう高《たか》いよね。材料《ざいりょう》は、じゃがいもなどの野菜《やさい》と肉《にく》なんだって。丸《まる》いデコレーションケーキみたいで、一見《いっけん》したら、犬用《いぬよう》だとはわからない。

リボンのかかった箱《はこ》を紙《かみ》ぶくろに入《い》れ、駅《えき》の向《む》こうのバスターミナルからバスに乗《の》った。

よかった。

このまますぐ家《いえ》に帰《かえ》ったら、……大泣《おおな》きしてたかも。

動物保護団体《どうぶつほごだんたい》につくと、妹《いもうと》や弟《おとうと》を連《つ》れたお母《かあ》さんはすでについていて、いっしょにリュウの犬小屋《いぬごや》に向《む》かう。リュウは、臭《にお》いをかぎつけて寄《よ》ってきた。みんなで小屋《こや》の中《なか》に入《はい》り、包《つつ》みを開《あ》けてケーキを取《と》りだす。

「ハッピーバレンタイン！」

そういって、リュウの前《まえ》に置《お》いてやった。

リュウは、すぐにガツガツ食《た》べだした。

「よかったあ！　食《た》べてくれたあ！」

お母《かあ》さんは、大喜《おおよろこ》び。リュウに出会《であ》ってから、ずいぶん、笑顔《えがお》がもどってきた。

妹《いもうと》や弟《おとうと》も、手《て》をたたいて喜《よろこ》んでいる。

リュウは、あっという間《ま》に食《た》べおわり、それから、こっちに鼻先《はなさき》を近《ちか》づけてくる。

《おいら、外《そと》をぶらりと歩《ある》いてみたいなあ》

「え？　散歩《さんぽ》に行《い》きたいの？」

あたしには、すぐにリュウのいいたいことがわかった。

事務所《じむしょ》からリードを借《か》りてきて、リュウを散歩《さんぽ》に連《つ》れだす。

夕暮《ゆうぐ》れの山《やま》の中《なか》の道《みち》を、みんなでいっしょに歩《ある》いた。

「寒《さむ》い～！」

リードを持《も》つ手《て》もかじかんでくる。でも、リュウはいきなり走《はし》りだしたり、もどったり、あっちこっちの臭《にお》いをクンクンかいだり……。

「いいなあ、リュウは気《き》ままで……」

《そうさ。気《き》ままが一番《いちばん》さ。おいらの命《いのち》はおいらのもの。だれかのいいなりになったら、ストレスがたまるだけ！》

「……そうだよねえ」

「え？」

とつぜんつぶやいたあたしに、お母《かあ》さんがおどろく。

「いや、気《き》ままに生《い》きれば楽《らく》なのかなって……」

お母《かあ》さんも、うなずいた。

「そうねえ。リュウみたいに生《い》きてみたいわねえ。お母《かあ》さんも、不動産屋《ふどうさんや》の事務《じむ》の仕事《しごと》なんかしていると、たまにお客《きゃく》さんとモメたりして、ストレスがけっこうたまるの。落《お》ちこむこともあるけど、ここに来《く》ると癒《い》やされるわ。リュウみたいに、あれこれ気《き》にせず暮《く》らそうって思《おも》うと、気持《きも》ちが晴《は》れる」

そうか、お母《かあ》さん、仕事《しごと》もたいへんだったんだ。

リュウのところにくると、お母《かあ》さんもなぜか、いろいろ本音《ほんね》をしゃべってくれる。

リュウの散歩《さんぽ》を終《お》え、家《いえ》の車《くるま》でいっしょに帰《かえ》りながら、考《かんが》えた。

あたしも、リュウみたいになりたいな。

いつも、まわりに気《き》をつかって、だれかの世話《せわ》をしてばかり。妹《いもうと》や弟《おとうと》とか、菜々子《ななこ》とか……。

みんなそれが、当《あ》たり前《まえ》だと思《おも》ってる。ひょっとしたら、あたしが世話好《せわず》きで、喜《よろこ》んでるくらいに考《かんが》えてる。

……でもそれって、ちがうんだよね。

悪《わる》いけど、イヤイヤやってるときだって、……あるんだよ！

これ以上《いじょう》、自分《じぶん》のことを押《お》しころして、だれかのいうことばかり聞《き》いていたら、あたしの幸《しあわ》せ、どっかに飛《と》んでいっちゃうかも？

もっと、自分《じぶん》に正直《しょうじき》になってもいいんじゃない、レイナ？　素直《すなお》になろうよ！

そしてその夜《よる》、家《いえ》での夕《ゆう》ご飯《はん》の後《あと》、あたしはたまらなくなって、愛梨《あいり》にメールした。

ちょうど塾《じゅく》から帰《かえ》ってきたところらしい。

あたしのメールを読《よ》んで、死《し》ぬほどおどろいたって。

今日《きょう》、菜々子《ななこ》がハルトにチョコをわたすのにつきあったよ。

だけど、ほんとうは、あたしはハルトのこと好《す》きなんだ。

苦《くる》しいからいっちゃった。今《いま》までだまっててごめんね。でも菜々子《ななこ》にはいわないで。

これでやっと、ほんとうの自分《じぶん》を、一歩前《いっぽまえ》に出《だ》せた……。

リュウ、サンキューね！　リュウのおかげで、やっとつらいカミングアウトもできちゃったよ！

ぼくの応《おう》援《えん》団《だん》

二月初《がつはじ》め、いよいよ始《はじ》まった、塾《じゅく》の六年生《ねんせい》のコース。

ぼく進一郎《しんいちろう》は、電車《でんしゃ》に乗《の》り、シーサイドタウンの塾《じゅく》に向《む》かう。

……ちょっと緊張《きんちょう》。

模試《もし》の成績《せいせき》で決《き》まる新学年《しんがくねん》のクラスと席順《せきじゅん》が、廊下《ろうか》に張《は》りだされているからだ。

塾《じゅく》に到着《とうちゃく》し、掲示板《けいじばん》を見《み》ると、五年生《ねんせい》のとき五クラスだったのが、六クラスに増《ふ》えている。それだけ受講生《じゅこうせい》が増《ふ》えたっていうこと。

海光学園《かいこうがくえん》の合格者《ごうかくしゃ》が多《おお》いから、この塾《じゅく》の人気《にんき》は、口《くち》コミでますます上《あ》がっているらしい。

……まさか、トップクラスから落《お》ちたとか、さすがにそれはないよな？

黒《くろ》いメガネのふちに手《て》をやり、目《め》を三角《さんかく》にして、自分《じぶん》の席《せき》を探《さが》した。

あった！　よかった、一応《いちおう》トップクラス。

でも、トップクラス自体《じたい》の人数《にんずう》が増《ふ》えたことによる、すべりこみセーフ。

ぼくはやっぱり、一番後《いちばんうし》ろの列《れつ》。成績《せいせき》は……四十番《ばん》か。

——けっきょく、また少《すこ》し下《さ》がったってことだ。

思《おも》わず、下《した》を向《む》いてため息《いき》をついた。新《あたら》しい教室《きょうしつ》を探《さが》して入《はい》り、自分《じぶん》の席《せき》に到着《とうちゃく》。カバンを机《つくえ》の上《うえ》に置《お》く。そのとき、左側《ひだりがわ》にいた女子《じょし》がこっちを見《み》た！

すると、げげげっ、そこに座《すわ》っていたのは！

……なんと、愛梨《あいり》じゃないか！

ぼくの一《ひと》つ左《ひだり》ってことは、三十九番《ばん》、つまりぼくより順位《じゅんい》が上《うえ》ってことだけど……？

愛梨《あいり》は、人《ひと》なつっこい笑顔《えがお》で話《はな》しかけてくる。

「わあ、進一郎《しんいちろう》ととなりの席《せき》なんだね。心強《こころづよ》いよ。わたし、こっちの塾《じゅく》はじめてだから」

……はじめてなのに、いきなりトップクラスに入《はい》ってきたってこと？

「まさか、愛梨《あいり》も海光学園《かいこうがくえん》受《う》けるの？」

「……うん！　親《おや》が急《きゅう》にそういいはじめて」

ぼくは、くずれ落《お》ちるように席《せき》についた。グリーンタウンの塾《じゅく》から移《うつ》ってきたばかりなのに、入塾試験《にゅうじゅくしけん》をかねた一月《がつ》の模試《もし》で、よく自分《じぶん》よりいい成績《せいせき》が取《と》れたもんだ。

ぼくなんか夏期講習《かきこうしゅう》から、レベルの高《たか》いこっちにずっと通《かよ》ってがんばってきたのに、いったいあの努力《どりょく》の日々《ひび》はなんだったんだろう……。

肩《かた》を落《お》として塾《じゅく》のカバンからテキストやノートを取《と》りだしていたら、今度《こんど》は右側《みぎがわ》からキャピキャピした声《こえ》がひびいてきた。

「きゃあ！　進一郎《しんいちろう》くんのとなりになっちゃったの？　うわあ、感激《かんげき》ぃ！」

……げっ。四十一番《ばん》は桃子《ももこ》か。先月《せんげつ》までは、一《ひと》つ下《した》のクラスだったのに、いつの間《ま》に？

桃子《ももこ》は、以前《いぜん》ぼくらといっしょのグリーンタウンの小学校《しょうがっこう》に通《かよ》っていた。夏休《なつやす》みにここシーサイドタウンに引《ひ》っ越《こ》し、海光学園《かいこうがくえん》を目指《めざ》して、二学期《がっき》からこの塾《じゅく》に通《かよ》っている。

お母《かあ》さんがファッションモデルだけあって、桃子《ももこ》は今日《きょう》も超《ちょう》おしゃれだ。ピンクと水色《みずいろ》と白《しろ》のチェックのダッフルコートに、ピンクのニットのワンピース。長《なが》い髪《かみ》はウェーブをつけてひらひらさせて、左右《さゆう》に細《ほそ》いピンクのリボンを結《むす》んでいる。

左側《ひだりがわ》の愛梨《あいり》も桃子《ももこ》に気《き》づいた。

「あれ？　桃子《ももこ》じゃない？　久《ひさ》しぶり〜！　元気《げんき》〜？　ここの塾《じゅく》に通《かよ》ってるんだね」

「愛梨《あいり》！　マジ？　三十九番《ばん》!?　この塾《じゅく》に入《はい》ってきたばかりだよね？」

桃子《ももこ》が、たたみかける。

「いったい模試《もし》でどんな成績《せいせき》とったのよ。普通《ふつう》なら、いきなりトップクラスに入《はい》るなんてまず無理《むり》なのに！」

愛梨《あいり》は、桃子《ももこ》の勢《いきお》いに、ちょっとタジタジとなりながら、答《こた》えている。

「国語《こくご》が……、満点《まんてん》だったからかな。わたし、記述式《きじゅつしき》の問題《もんだい》はとくいで」

満点《まんてん》だって……！　おまけに記述《きじゅつ》がとくい！　ぼくの一番弱《いちばんよわ》いところを武器《ぶき》にしている！

桃子《ももこ》は、愛梨《あいり》をじろじろ見《み》ながらいった。

「へえ〜。すごいね。そういえば、前《まえ》からよく作文《さくぶん》のコンクールで入賞《にゅうしょう》してたもんね。わたしなんか、二学期《がっき》から必死《ひっし》で勉強《べんきょう》して、やっと成績《せいせき》が上《あ》がってきたところなんだ」

……でもそれで、ぼくとたった一番《いちばん》ちがいだなんて！

この調子《ちょうし》じゃ、そのうち追《お》いぬかれるかもしれない……！

「でも桃子《ももこ》もすごいじゃない。前《まえ》はそんなに勉強《べんきょう》がんばってなかったよね？」

「……うん。ぜったい海光《かいこう》行《い》きたくてぇ」

落《お》ちこむぼくの左右《さゆう》で、女子《じょし》二名《めい》は、ずっとキャハハ……と話《はな》しつづけている。

こうして始《はじ》まった六年生《ねんせい》の塾《じゅく》の講座《こうざ》は、週《しゅう》六回《かい》！　木曜日《もくようび》だけが休《やす》み。

急《きゅう》にスケジュールがきつくなって、疲《つか》れがたまる。

成績《せいせき》も伸《の》び悩《なや》みで、塾《じゅく》で夜《よる》のお弁当《べんとう》を開《ひら》いても、食欲《しょくよく》がわかない。

「はぁ～」

その日《ひ》も、塾《じゅく》の休《やす》み時間《じかん》、弁当箱《べんとうばこ》のフタをとちゅうで閉《し》めた。そのときだ。

「ねえ、進一郎《しんいちろう》くん！」

となりの席《せき》の桃子《ももこ》が、いつの間《ま》にかぼくの横《よこ》に立《た》っている。

「え？」

「はいっ！　バレンタインのチョコレート！」

すっかり忘《わす》れていたけれど、今日《きょう》は二月十四日《がつじゅうよっか》か！

桃子《ももこ》は、にっこり笑《わら》って、リボンのかかった大《おお》きな金色《きんいろ》の箱《はこ》をぼくに手《て》わたしてくれた。

「わあ！　ぼくに？　ほんと？」

こんなに大《おお》きなバレンタインのチョコをもらったのは、生《う》まれてはじめて！

「うれしいなあ！」

まわりの生徒《せいと》たちは、いっせいにふりかえり、興味《きょうみ》しんしんでぼくらを見《み》てる。

愛梨《あいり》も、キャアキャアいっている。

「すっごい！　桃子《ももこ》って、積極的《せっきょくてき》〜！」

急《きゅう》にはずかしくなって、チョコの箱《はこ》をカバンにしまった。

でも、桃子《ももこ》には、しっかりお礼《れい》をいったよ。

「ありがとう！　このごろ、成績《せいせき》のことで親《おや》に怒《おこ》られてばかりで落《お》ちこんでたけど、これでずいぶん元気《げんき》になった」

桃子《ももこ》は、両手《りょうて》をにぎって顔《かお》の前《まえ》で合《あ》わせ、ぴょんぴょん飛《と》びあがっている。

「……よかった！　お母《かあ》さんといっしょに作《つく》ったの。お家《うち》で食《た》べてね！」


次《つぎ》の日曜日《にちようび》にあった全国《ぜんこく》の模擬試験《もぎしけん》。

むずかしくて、問題《もんだい》を全部《ぜんぶ》解《と》きおわったとたん、いやな予感《よかん》に押《お》しつぶされそうになった。……きっと、また偏差値《へんさち》が下《さ》がる。

結果《けっか》が出《で》たときのことを思《おも》うと、思《おも》わず頭《あたま》をかかえた。

すぐに家《いえ》に帰《かえ》る気《き》もしなくて、グリーンタウンの駅《えき》を降《お》りると、ふらふらと、とんこつ亭《てい》の暖簾《のれん》をくぐっていた。

「進一郎《しんいちろう》くんもたいへんだね。朝《あさ》から晩《ばん》まで勉強《べんきょう》なんだって？」

ハルトのお父《とう》さんが、注文《ちゅうもん》したヘルシーラーメンを、どんと目《め》の前《まえ》のカウンターに置《お》いてくれた。

ヘルシーラーメンなら栄養満点《えいようまんてん》だし、ボリュームも少《すく》ないから、おやつに食《た》べるのにちょうどいい。湯気《ゆげ》がもわっとあがって、温《あたた》まりそう！

「はい。たいへんなんですけど。……いただきます！」

ぼくは、とんこつ豆乳《とうにゅう》スープをレンゲですする。

「うま〜い！」

ラーメンに乗《の》った野菜《やさい》もさっぱりしておいしい。麺《めん》も、今《いま》までとはちがう種類《しゅるい》なのか、とんこつラーメンの店《みせ》にしては、ソフトな感《かん》じ。

休日《きゅうじつ》の夕暮《ゆうぐ》れどき、まわりには、続々《ぞくぞく》とお客《きゃく》さんが入《はい》ってくる。

ハルトが、店《みせ》の奥《おく》から顔《かお》を出《だ》した。

「よっ。まいどありがとうございます！」

って、ハルトもすっかり店《みせ》の跡取《あとと》りって感《かん》じだよなあ。

ラーメンを食《た》べおわったぼくは、席《せき》を立《た》って、ハルトと立《た》ち話《ばなし》をした。

「菜々子《ななこ》から、チョコもらったって、ほんとうか？」

すると、ハルトは胸《むね》をはってふんぞりかえっている。

「まーな！」

「菜々子《ななこ》にクッキー返《かえ》すの？」

ハルトは、真《ま》っ赤《か》になって、両手《りょうて》をふりまわしている。

「しっ。親《おや》が聞《き》いてるだろ！　でも、何《なに》かもらったら、お返《かえ》しするのは当《あ》たり前《まえ》だ。それに、チョコをくれたってことは、菜々子《ななこ》もオレのことをきらいじゃないってことだろ？」

ハルトは、鼻《はな》の下《した》をのばし、デレデレした顔《かお》になっている。

やっぱり、ハルトは菜々子《ななこ》のこと、好《す》きなんだな。

そうじゃないかとは思《おも》っていた。彼女《かのじょ》のことになると、いつもムキになるし……！

ハルトは、親《おや》が聞《き》いていないかどうか、ふりかえって確《たし》かめると、ぼくの耳元《みみもと》でささやいた。

「そのうち、こっちからコクろうと思《おも》ってる！」

「すげー！　勇気《ゆうき》ある〜！」

ハルトの行動力《こうどうりょく》には、まったく感心《かんしん》するばかり。

ぼくも、そのパワーを見習《みなら》って、もう少《すこ》しがんばるか！

「またな！　ごちそうさまでした！」

代金《だいきん》をはらって、北風《きたかぜ》のふく商店街《しょうてんがい》に出《で》る。そのとたん、模試《もし》のことをまた思《おも》い出《だ》して、気分《きぶん》がぐっとしずみこんだ。


「進一郎《しんいちろう》、いったいこれはどういうことだね？」

あんのじょう、次《つぎ》の日曜日《にちようび》の家《いえ》の夕食《ゆうしょく》。

広々《ひろびろ》とした畳《たたみ》の部屋《へや》の床《とこ》の間《ま》には、掛《か》け軸《じく》と、生《い》け花《ばな》がかざられている。

大《おお》きな座卓《ざたく》には、お母《かあ》さんが用意《ようい》した夕食《ゆうしょく》がならんでいる。

魚屋《さかなや》から届《とど》けさせたお刺身《さしみ》。鶏鍋《とりなべ》。野菜《やさい》の煮物《にもの》……。

ぼくの向《む》かい、座卓《ざたく》の前《まえ》に着物《きもの》を着《き》て正座《せいざ》しているのは、はげ頭《あたま》のおじいちゃん。その左《ひだり》どなりにはメガネをかけたお父《とう》さん。

おじいちゃんは、やせていて、目《め》はタカのようにするどい。そして、最悪《さいあく》なことに手《て》に持《も》っているのは、さっきお母《かあ》さんに持《も》ってこさせた模試《もし》の成績表《せいせきひょう》。

「また悪《わる》いじゃないか。偏差値《へんさち》が六十二だなんて、海光学園《かいこうがくえん》に入《はい》るには、六十五必要《ひつよう》なんだぞ。もし、不合格《ふごうかく》だったら、どうする気《き》だ！」

「……すみません。がんばります」

ぼくは、ひたすら下《した》を向《む》いて頭《あたま》を下《さ》げた。

長《なが》い時間《じかん》の正座《せいざ》には慣《な》れているから、平気《へいき》。でも、一秒《びょう》でも早《はや》くこの場《ば》からにげだしたい。一人《ひとり》っ子《こ》だと、仲間《なかま》の兄弟《きょうだい》がいないから、こういうときは、ホントにつらい。

おじいちゃんとお父《とう》さんは、いつものように、日本酒《にほんしゅ》をくみかわして、味《あじ》がどーのこーのといっている。

じつは、ぼくの家《いえ》は、江戸時代《えどじだい》から代々続《だいだいつづ》く日本酒《にほんしゅ》を造《つく》る会社《かいしゃ》。大人《おとな》なら、だれでも知《し》っている銘柄《めいがら》だ。

会長《かいちょう》であるおじいちゃんと、社長《しゃちょう》であるお父《とう》さんが、工場《こうじょう》で造《つく》った日本酒《にほんしゅ》の味《あじ》を確《たし》かめるのが、毎日曜日《まいにちようび》のしきたりになっている。

むかしは、グリーンタウンの土地《とち》は、ぜんぶわが家《や》のものだった。つまり、大地主《おおじぬし》だった。

家《いえ》がグリーンタウンの駅前《えきまえ》にあるのも、ひいひいおじいちゃんが線路《せんろ》を家《いえ》の前《まえ》に引《ひ》かせ、ここに駅《えき》を作《つく》らせたから。それほどこの町《まち》では権力《けんりょく》があったらしい。

現在《げんざい》、会社《かいしゃ》の本社《ほんしゃ》はもっと大《おお》きな町《まち》ミッドタウンにある。でも日本酒《にほんしゅ》の工場《こうじょう》は、むかしと同《おな》じグリーンタウンの山《やま》の中《なか》にあり、おいしい井戸水《いどみず》を利用《りよう》して、酒《さけ》を造《つく》っている。

そしてぼくは、生《う》まれたときから、その会社《かいしゃ》を継《つ》ぐことが決《き》められちゃってるんだ。

おじいちゃんは、小《ちい》さなガラスのコップを口《くち》に運《はこ》びながら、顔《かお》をゆがめた。

「どうも、国語《こくご》の記述問題《きじゅつもんだい》が特《とく》に悪《わる》いようだな。理科《りか》や社会《しゃかい》も、記述式《きじゅつしき》の問題《もんだい》になると、点数《てんすう》がぐっと低《ひく》くなっている。これはどういうことかな？　読書《どくしょ》の量《りょう》が足《た》りないのか」

……そんなことといったって、勉強勉強《べんきょうべんきょう》で、本《ほん》を読《よ》むひまなんかないじゃないか！

「犬《いぬ》やネコと遊《あそ》びすぎなんじゃないか。この前《まえ》もまた新《あたら》しい犬《いぬ》を買《か》って！　ちょっと目《め》をはなすと、すぐ庭《にわ》でいっしょにふざけているんだから」

……いいじゃないか。蘭丸《らんまる》やアレキサンダー、ネコのコモモと遊《あそ》ぶのだけが、楽《たの》しいんだもん！

おじいちゃんとちがって、動物好《どうぶつず》きのお父《とう》さんは、となりで小《ちい》さくなっている。おじいちゃんに比《くら》べると、お父《とう》さんはやさしくて、あまりぼくにあれこれいわない。

何《なに》もいいかえせないまま、時間《じかん》だけが過《す》ぎていく。

おじいちゃんが、バンと座卓《ざたく》をたたいた。

「とにかく、進一郎《しんいちろう》。受験《じゅけん》は一年後《ねんご》の二月一日《がつついたち》なんだ。しっかり勉強《べんきょう》して合格《ごうかく》するように！　そしていい大学《だいがく》に入《はい》って経営《けいえい》を勉強《べんきょう》するんだぞ。その後《あと》アメリカに留学《りゅうがく》したっていい。何《なに》しろ今《いま》は国際化《こくさいか》を進《すす》められるかどうかが、企業《きぎょう》が生《い》き残《のこ》れるかどうかのカギなんだから！」

お母《かあ》さんは、さっきおつまみを作《つく》るといって席《せき》を立《た》ったまま、もどってこない。

つまり、――にげたんだ。

知《し》ってるよ。こういうとき、お母《かあ》さんが責《せ》められるってことは。

一人息子《ひとりむすこ》のぼくの成績《せいせき》が悪《わる》いのは、「嫁《よめ》の教育《きょういく》が悪《わる》いせい」だとか「嫁《よめ》の出身大学《しゅっしんだいがく》が一《いち》流《りゅう》じゃないせい」とか、おじいちゃんは、平気《へいき》でいっちゃう人《ひと》。

やさしいおばあちゃんが生《い》きていたころは、まだよかったんだけれど……。

それにお母《かあ》さんは、学校《がっこう》の保護者会《ほごしゃかい》でも、通《かよ》っているフラワーアレンジメントの教室《きょうしつ》でも、まわりのお母《かあ》さんたちから声《こえ》をそろえてこういわれてるんだって。

「進一郎《しんいちろう》くんは、ぜったい海光学園《かいこうがくえん》トップ合格《ごうかく》ですね！」

お母《かあ》さんがプレッシャーを感《かん》じるのを見《み》ていると、ぼくも、勉強《べんきょう》しないわけにいかなくなる。だから今《いま》まで、歯《は》をくいしばってがんばってきた……。

やがて、おじいちゃんとお父《とう》さんが、やっと話《はなし》を会社《かいしゃ》のことに切《き》りかえていった。

ケイエイゴウリカ、ジンケンヒサクゲン、サベツカ、タカクカ、コストダウン……。

むずかしい言葉《ことば》をいつもつかっているから、こっちも耳《みみ》にタコができちゃったよ。おかげで、この前《まえ》も、ハルトに少《すこ》しアドバイスができたけど。

「じゃ、そろそろ勉強《べんきょう》するから」

そういって、席《せき》を立《た》とうとしたときだ。やっとお酒《さけ》のおつまみを運《はこ》んできたお母《かあ》さんが、おじいちゃんとお父《とう》さんにこういいだしたんだよ。

「このままでは、進一郎《しんいちろう》の成績《せいせき》がなかなか上《あ》がりそうにありません。今度《こんど》、家庭教師《かていきょうし》もつけたらどうかと思《おも》うんですが」

おじいちゃんとお父《とう》さんが、顔《かお》を見合《みあ》わせた。

おじいちゃんが、おつまみに箸《はし》をのばしながら、ゆっくりたずねる。

「週六日《しゅうむいか》、塾《じゅく》があって、いったいいつ家庭教師《かていきょうし》をつけるんだね？」

お母《かあ》さんは、真剣《しんけん》な目《め》をしておじいちゃんにいった。

「塾《じゅく》の先生《せんせい》に聞《き》いたら、塾《じゅく》の他《ほか》に大学生《だいがくせい》の家庭教師《かていきょうし》をつけている家庭《かてい》も多《おお》いそうなんです。塾《じゅく》から帰《かえ》って夜《よる》十時《じ》くらいからいっしょに勉強《べんきょう》するんですって……」

……こんなにいそがしいのに、その上《うえ》、家庭教師《かていきょうし》！　夜《よる》十時《じ》からあ？

お母《かあ》さんのためだと思《おも》ってがまんしてたけど、お母《かあ》さんまで、そんな冷《つめ》たいことをいうの？　やっぱり、おじいちゃんの味方《みかた》なの？

それとも、息子《むすこ》を一流校《いちりゅうこう》に合格《ごうかく》させて、まわりのお母《かあ》さんにいいとこ見《み》せたいの？

——もう限界《げんかい》だ。

自分《じぶん》の中《なか》で声《こえ》がした。

子《こ》どもをなんだと思《おも》ってるんだ！　勉強《べんきょう》マシーンじゃないんだぞ！

「そんなの無理《むり》だよ！　もう塾《じゅく》なんか行《い》かない！　受験《じゅけん》なんかやめる！」

ぼくは、座卓《ざたく》に置《お》いてあった成績表《せいせきひょう》を、さっとうばいとる。

その場《ば》でビリビリとやぶり捨《す》てる。

それから、おじいちゃんが飲《の》んでいた日本酒《にほんしゅ》のびんをかかえると、床《とこ》の間《ま》に持《も》っていき、黒《くろ》い床柱《とこばしら》に思《おも》いきりたたきつけた。

ガッシャーン！　びんがくだけ散《ち》る。日本酒《にほんしゅ》が飛《と》びちる！

自分《じぶん》にこんな力《ちから》があったのかと、おどろいた。

家族《かぞく》の前《まえ》で、こんなことをしたのは、生《う》まれてはじめてだ。お父《とう》さんとお母《かあ》さんが、あっけにとられてこっちを見《み》ている。

おじいちゃんが、するどい顔《かお》でにらみつけてくる。

「何《なに》をする！　進一郎《しんいちろう》！」

「もう、これ以上《いじょう》、無理《むり》！」

そうさけぶと、座敷《ざしき》を飛《と》びだした。

どこに行《い》こうか。迷《まよ》う。でも、家《いえ》を出《で》る勇気《ゆうき》があるわけでもない。

二階《かい》にかけあがり、廊下《ろうか》のすみっこにある納戸《なんど》の戸《と》を開《あ》けた。段《だん》ボールの箱《はこ》がちょっと置《お》いてあるだけで、ほとんど中《なか》はからっぽだ。

入《はい》って、引《ひ》き戸《ど》を閉《し》める。

くもりガラスの天窓《てんまど》から、月《つき》の光《ひかり》がぼんやりとさしこんでいた。板張《いたば》りの床《ゆか》に座《すわ》って膝《ひざ》をかかえた。くやし涙《なみだ》があふれてきた。

家庭教師《かていきょうし》と勉強《べんきょう》するのなんか、……いやだ！

それに、これ以上《いじょう》がんばったって成績《せいせき》は上《あ》がりそうにない。

海光学園《かいこうがくえん》には、ぜったい落《お》ちる。そしたら家族《かぞく》は、どんなにがっかりするだろう。きっともっと冷《つめ》たい言葉《ことば》でぼくを責《せ》めるだろう……！

もう、絶体絶命《ぜったいぜつめい》のピンチだな、進一郎《しんいちろう》。

それにしても、寒《さむ》い……。お尻《しり》が冷《つめ》たい。この部屋《へや》に暖房《だんぼう》はない。

ところがしばらくすると、戸《と》の向《む》こうから、ハアハアという息《いき》づかいが聞《き》こえてきた。戸《と》をガタガタつついている。ぼくは、そっと戸《と》を開《あ》ける。

蘭丸《らんまる》とアレキサンダーだ。

きっと臭《にお》いをかぎつけてきたんだろう。犬《いぬ》たちは、家《いえ》の中《なか》を自由《じゆう》に歩《ある》きまわって暮《く》らしている。

「カム！（おいで）」

そういうと、二匹《ひき》はふしぎそうに中《なか》に入《はい》ってきた。

《どうしてこんなところにいるの？》

でも、二匹《ひき》はすぐに気《き》づいた。ぼくが泣《な》いていることに。そして、ぺろぺろと顔《かお》をなめてくれた。

《どうしたの？　元気《げんき》だして！》

犬《いぬ》たちが、そう語《かた》りかけているのがわかる。顔《かお》をすっかりなめおわると、ぼくにぴったりと体《からだ》を寄《よ》せ、温《あたた》めてくれた。二匹《ひき》ともじっと座《すわ》っている。

犬《いぬ》がそばにいると、かっかしていた気持《きも》ちも、少《すこ》しずつ落《お》ちついてくる。

やがて、また変《へん》な音《おと》がした。今度《こんど》は、だれかが戸《と》をひっかいている。

開《あ》けてやると、コモモだった。犬《いぬ》たちを追《お》いかけてきたのかもしれない。ぴょんとぼくのひざに飛《と》びのった。

《進一郎《しんいちろう》くん、寒《さむ》くないかニャ？　わたしのことだっこすればあったかいよ》

たしかに、コモモをだくと、冷《ひ》えきった体《からだ》が、すっかりぽかぽかしてきた。

三匹《びき》は、それからもしばらく神妙《しんみょう》な顔《かお》をして、ずっといっしょにいてくれた。悲《かな》しんでいるのが、わかるからだね。

ぼくは、心《こころ》の中《なか》で犬《いぬ》やネコたちに話《はな》しかけた。

（……だれも、こんな自分《じぶん》を救《すく》ってなんかくれない！　この家《いえ》は、なんて暮《く》らしにくいんだ！　こんなことがこれから先《さき》もずっと続《つづ》くのかな）

すると、ペットたちは心《こころ》にうったえかけてくる。

《ちがうよ。一人《ひとり》ぼっちじゃないよ。みんなで、いつもそばにいるからね！》

犬《いぬ》やネコはひょっとして、人間《にんげん》の家族《かぞく》より、ぼくのことをわかってくれているんじゃないかって、思《おも》った。

仲間《なかま》がいるだけで、こんなにほっとできるなんて……！

だけど、その平和《へいわ》な時間《じかん》は、長《なが》くは続《つづ》かなかった。

戸《と》ががらりと開《あ》き、顔《かお》を出《だ》したのは、おじいちゃんだ。

「……やっぱりここにいた！」

ぼくは、静《しず》かに聞《き》いた。

「どうしてわかったの？」

「だって、小《ちい》さいころから、かくれんぼのときは、いつもここにかくれてたじゃないか」

お父《とう》さんとお母《かあ》さんも、おじいちゃんの声《こえ》で走《はし》ってきた。三人《にん》の大人《おとな》が、戸口《とぐち》に立《た》ちふさがる。おじいちゃんは、説教《せっきょう》を続《つづ》ける。

「にげてばかりじゃいけない。人生《じんせい》、ときには、がんばらなくちゃならないときもある」

お母《かあ》さんが、高《たか》い声《こえ》でこういった。

「お願《ねが》い、がんばって海光《かいこう》に行《い》ってちょうだい！　あなたにはそれがふさわしいんだから！」

ぼくは、立《た》ちあがり、今《いま》までになく強《つよ》い声《こえ》でいいかえした。

「ちがうだろ！　ぼくの成績《せいせき》が上《あ》がらないと、お母《かあ》さんが困《こま》るからだろ！　おじいちゃんに怒《おこ》られて！　まわりのお母《かあ》さんに自慢《じまん》できなくて！　ぼくの気持《きも》ちなんか、……ぜんっぜん考《かんが》えてないんだから！　見《み》てよ！　犬《いぬ》やネコの方《ほう》がよっぽどわかってくれてる。さっきからずっとなぐさめてくれたんだよ！　家族《かぞく》なんかより、ずっとやさしいよ！」

大人《おとな》たちに、この言葉《ことば》はきいたみたいだ。みんな、はっとなって顔《かお》を見《み》あわせている。

お母《かあ》さんは、ヒステリックにさけんだ。

「家族《かぞく》よりやさしいですって？　みんな心配《しんぱい》しているのよ！　それはわかって！　あと一年《ねん》、なんとか、がんばって……！」

おじいちゃんは、腕組《うでぐ》みをしてこういった。

「そうだ。それでダメだったら、しかたがない。でも、全力《ぜんりょく》をつくしてみなさい。会社《かいしゃ》の経営《けいえい》でもそうだが、ピンチのときは、とにかく、あの手《て》この手《て》でせいいっぱいやってみることが、大事《だいじ》なんだよ」

「……でも、それでも不合格《ふごうかく》だったら！」

けっきょく自分《じぶん》にとって、不合格《ふごうかく》が最大《さいだい》の恐怖《きょうふ》なんだと、このときはっきり自覚《じかく》した。

自分《じぶん》の受験番号《じゅけんばんごう》がない悲惨《ひさん》な合格発表《ごうかくはっぴょう》を想像《そうぞう》すると、崖《がけ》から落《お》ちていくような気持《きも》ちになる。……また涙《なみだ》があふれてきた。

すると、お父《とう》さんが、はじめて口《くち》をはさんだ。

「落《お》ちたときは仕方《しかた》がないよ。気分《きぶん》を切《き》りかえて、出発《しゅっぱつ》するだけのことだ。まだ若《わか》いうちは、何度《なんど》でもやり直《なお》しがきく。海光《かいこう》に落《お》ちたら、第二志望校《だいしぼうこう》や公立《こうりつ》に行《い》って、がんばればいいだけじゃないか。三年後《ねんご》には高校受験《こうこうじゅけん》があることだし」

「ほんとうに？　ぼくのことを責《せ》めたりしない？」

いつのまにか、お母《かあ》さんも、泣《な》いていた。

「……責《せ》めたりするわけ、ないでしょう？　心配《しんぱい》のしすぎよ……まったく」

お父《とう》さんは、さらにこういった。

「だが、日本酒《にほんしゅ》のびんを割《わ》ったことだけは、よくないな。あの日本酒《にほんしゅ》は、うちの会社《かいしゃ》の社員《しゃいん》が丹精《たんせい》こめて造《つく》ったものだ。そのたいへんさは、わかってほしい。そのことに対《たい》しては、きちんと今《いま》、あやまりなさい！」

ぼくだって、日本酒《にほんしゅ》のびんをめちゃくちゃにしたのは、よくなかったと思《おも》っている（ホントは、それでかなり気分《きぶん》がすっきりしたけれど……）。

「……ごめんなさい」

おじいちゃんが、念《ねん》をおした。

「家庭教師《かていきょうし》のことは、なしにしよう。だから、受験《じゅけん》はあきらめないな？」

「……うん」

こうして、ぼくがけっきょく頭《あたま》をさげ、このさわぎはおしまいになったんだ。

そして、和室《わしつ》の床柱《とこばしら》に残《のこ》った小《ちい》さなへこみは、ぼくがはじめて家族《かぞく》に逆《さか》らった「勲章《くんしょう》」になった。

それからというもの、大人《おとな》たちはさすがにそれ以上《いじょう》、ぼくを刺激《しげき》するような言葉《ことば》はいわなくなったんだ。


塾《じゅく》に行《い》くと、桃子《ももこ》や愛梨《あいり》にぐちをこぼした。ペットたちが、温《あたた》かくなぐさめてくれたように、だれかのやさしい言葉《ことば》がほしかった。

「……模試《もし》の成績《せいせき》が最悪《さいあく》でさあ。親《おや》にもおこられて、なんだか塾《じゅく》に行《い》くのがいやになっちゃって……」

こうやって、悩《なや》みを打《う》ちあけるだけでも、けっこうすっきりするよね。

「国語《こくご》の記述《きじゅつ》が苦手《にがて》で、点《てん》がとれないんだ。理科《りか》や社会《しゃかい》にも記述《きじゅつ》がたくさん入《はい》ってきただろ？　どうにかならないかなあ」

桃子《もも こ》は、親身《しん み》に話《はなし》を聞《き》いてくれる。

「海光学園《かいこうがくえん》では、どの科目《か もく》も、ほとんど記述式《き じゅつしき》の問題《もんだい》だからね……」

するとそのとき、愛梨《あい り》が、明《あか》るい声《こえ》でこういいだしたんだ。

「あの、もしよかったら、記述問題《き じゅつもんだい》の解答《かい とう》の仕方《し かた》のコツ、教《おし》えてあげようか？」

え？　記述《き じゅつ》のコツ？

「……コツなんかあるの？」

「わたしも、作文《さく ぶん》とちがってテストの記述《き じゅつ》はとくいじゃなかったんだけど、参考書《さん こう しょ》を何冊《なん さつ》も読《よ》んだらコツがわかったんだ。それくらいなら、力《ちから》になれるよ」

「ほ、ほんとう!?」

藁《わら》にもすがる思《おも》いで、愛梨《あい り》に答《こた》えた。

「うん、じゃあ、今度教《こん ど おし》えて！　ぜひ、お願《ねが》いするよ」

すると、桃子《もも こ》がとつぜん、体《からだ》をくねくねさせて、すねはじめた。

「ええ？　進一郎《しん いち ろう》くんだけなんて、ずるーい！　わたしにも教《おし》えてよ、愛梨《あい り》ぃ！」

「うん、いいよ！　三人《にん》でやろうか！」

こうして、次《つぎ》の塾《じゅく》の日《ひ》、早《はや》く集《あつ》まって、塾《じゅく》の入口《いりぐち》にあるラウンジで、三人《にん》で勉強《べんきょう》することになった。

愛梨《あいり》は、今《いま》まで学《まな》んだ文章《ぶんしょう》の書《か》き方《かた》のコツを教《おし》えてくれた。

たとえば、「いつ、どこで、だれが　どうした」をきちんと文《ぶん》に入《い》れること。

最初《さいしょ》か最後《さいご》に、結論《けつろん》をはっきり書《か》くこと。

「……そうか！　今《いま》までぼくは、よけいなことばかり書《か》いて字数《じすう》を使《つか》って、だれが、とか、いつ、とか大事《だいじ》なことをちゃんと書《か》いてなかった。結論《けつろん》も、はっきりいってなかった」

愛梨《あいり》は、それからこうつけ加《くわ》える。

「キーワードを、ちゃんと入《い》れることも大事《だいじ》よね。友情《ゆうじょう》の問題《もんだい》を題材《だいざい》にしているなら『友《ゆう》情《じょう》』とか『友《とも》だち』とかの言葉《ことば》は必《かなら》ず入《い》れなくちゃ、減点《げんてん》になっちゃうと思《おも》う」

「なるほど～」

それまでも、国語《こくご》で記述式《きじゅつしき》の解答《かいとう》の仕方《しかた》は習《なら》っていたけれど、なんだかピンときていなかった。でも愛梨《あいり》は説明《せつめい》の仕方《しかた》がすごくうまくて、すぐに実行《じっこう》に移《うつ》せることばかり教《おし》えてくれた。

こうしてそれからも、塾《じゅく》に早《はや》めに行《い》く日《ひ》を作《つく》って、三人《にん》で勉強《べんきょう》した。女子二人《じょしふたり》は算数《さんすう》が苦手《にがて》だったので、ぼくがむずかしい文章題《ぶんしょうだい》の解《と》き方《かた》を教《おし》えてあげた。

見回《みまわ》りにきた塾《じゅく》の先生《せんせい》も、感心《かんしん》してうなずいている。

「グループで自主勉強《じしゅべんきょう》するとは、立派《りっぱ》だね！　君《きみ》たちのやる気《き》が伝《つた》わってくるよ！」

そう、いつの間《ま》にか、ぼくも塾《じゅく》に行《い》くのがいやじゃなくなっていたんだ。

で、結論《けつろん》を最初《さいしょ》にいうと(笑)、ぼくの成績《せいせき》は少《すこ》しずつのびていった。愛梨《あいり》も桃子《ももこ》も、さらに成績《せいせき》が上《あ》がっていった。

三人《にん》そろって、順番《じゅんばん》を入《い》れかえながら、少《すこ》しずつトップクラスの前《まえ》の方《ほう》に近《ちか》づいていったんだ。

お母《かあ》さんにいってやった。

「家庭教師《かていきょ》なんかつけなくても、愛梨《あいり》たちとのグループ学習《がくしゅう》で、うまくいったよ！」

国語

お母《かあ》さんは、「よかったよかった〜」と涙《なみだ》を浮《う》かべて喜《よろこ》んでいる。

やっぱり困《こま》ったときには、一人《ひとり》で悩《なや》んでないで、だれかの応援《おうえん》が必要《ひつよう》なんだね！

絶体絶命《ぜったいぜつめい》と思《おも》ったときも、自分《じぶん》はぜったい一人《ひとり》じゃない。きっと助《たす》けてくれるだれかがどこかにいる……。

それを最初《さいしょ》に教《おし》えてくれたのは、うちの三匹《びき》の仲間《なかま》たちだった。

もちろん、桃子《ももこ》と愛梨《あいり》にも、とっても感謝《かんしゃ》しているよ！

かわいそうなチャッピーと真実《しんじつ》の愛《あい》

夕方《ゆうがた》、家《いえ》の玄関《げんかん》を出《で》ると、庭《にわ》の植木鉢《うえきばち》に黄色《きいろ》いクロッカスが咲《さ》いていた。

もう春《はる》だね！　白《しろ》いセーター一枚《まい》でも寒《さむ》くない。髪《かみ》を結《ゆ》いあげた首《くび》もとが、まだちょっとすーすーするけれど。

そして白《しろ》い門《もん》を開《あ》け、舗道《ほどう》に出《で》た、そのとたん！

「菜々子《ななこ》！」

……うわあ、びっくりした！

おどろいて、思《おも》わず胸《むね》をおさえる。立《た》っていたのは、黒《くろ》いジャンパーを着《き》たハルト。

まっすぐにわたしを見《み》ると、小《ちい》さなふくろをさっとつきつけた。包装紙《ほうそうし》にリボンが描《えが》かれた、ホワイトデー用《よう》のクッキーだ。

「これ、お返《かえ》し！」

……あ、そうか。三月十四日《がつじゅうよっか》、今日《きょう》はホワイトデーだったんだ。

「……ありがとう！　ごめんね。気《き》をつかわせちゃって」

「ううん！　これから、バレエ教室《きょうしつ》？」

「うん。今日《きょう》はこっちの駅前《えきまえ》であるんだ」

二人《ふたり》いっしょに、まだ固《かた》いつぼみがついた桜並木《さくらなみき》の道《みち》を、駅《えき》の方《ほう》に向《む》かった。

ならんで歩《ある》いてるとこ、だれかに見《み》られたら、どうしよう……！　ちょっとアセアセ。

ハルトは、何《なに》かいいたそうにしているのに、何度《なんど》もつばを飲《の》みこんで、あまりしゃべらない。でもとつぜん立《た》ちどまると、こっちをふりかえった。

目《め》が合《あ》った。今《いま》まで見《み》たこともないほど、真剣《しんけん》な顔《かお》。

「……あの、ここではっきりいいます。オレ、菜々子《ななこ》のこと好《す》きだ。カノジョになってくれませんか？」

な、何《なに》？　か、カノジョ……？

カノジョっていう言葉《ことば》が、頭《あたま》の中《なか》をぐるぐる回《まわ》った。

今《いま》まで、ドラマやマンガで聞《き》いたことはあっても、大人《おとな》の世界《せかい》の話《はなし》だと思《おも》っていた。

なぜとつぜん、そんなことといいだすの？

あせりまくって、とにかく今《いま》は断《ことわ》ることしかできないと思《おも》った。頭《あたま》をぴょこんと下《さ》げる。

「……ごめんなさい。まだ、そんなこと……考《かんが》えたこともなくて。そ、そのまだ、小学生《しょうがくせい》だし、早《はや》すぎない？」

顔《かお》を上《あ》げると、ハルトの表情《ひょうじょう》が一気《いっき》に暗《くら》くなっている。

「ごめん……。そうか。早《はや》すぎだよね。チョコくれたから、ちょっと期待《きたい》しちゃったんだけど……。いいんだ。気持《きも》ち伝《つた》えたかっただけだから……」

だけどそれ以来《いらい》、ハルトは学校《がっこう》でも、急《きゅう》に知《し》らんぷりするようになっちゃったんだ。


わたしが、この出来事《できごと》を、レイナと愛梨《あいり》に話《はな》したのは、三学期《がっき》の終業式《しゅうぎょうしき》の帰《かえ》り道《みち》だった。

通知表《つうちひょう》が入《はい》った手《て》さげぶくろを、ぶらぶらさせながら、三人《にん》で歩《ある》く。

「じつはハルトが、クッキーくれたんだ」

「そっか～。ハルトはやっぱお返《かえ》ししたか」

レイナは、ふんふんとうなずいている。愛梨《あいり》は、キャッキャ笑《わら》っている。

「超《ちょう》うらやましー。幸《しあわ》せ者《もの》だよ、菜々子《ななこ》」

だけどわたしは、大《おお》きく首《くび》をふった。

「ちがうの。そのとき、断《ことわ》っちゃったんだ……」

「え？　何《なに》を？」

「……カノジョになってくださいって、いわれたのに……」

愛梨《あいり》が、うわっという顔《かお》をした。レイナが、目《め》を見開《みひら》いた。

二人《ふたり》、声《こえ》をそろえて聞《き》いてきた。

「……どうして⁉」

わたしは、「どうして⁉」といわれたことに、ちょっとおどろいた。

「……だ、だって、まだ小学生《しょうがくせい》だよ〜？　早《はや》すぎだよ。いくらなんでも、ありえないじゃん。いきなりそんなこといわれたって……」

するとその瞬間《しゅんかん》、レイナが、今《いま》まで見《み》たこともないほどこわい顔《かお》で、わたしをにらみつけた。そして、一《ひと》つ息《いき》を吸《す》うと、裏《うら》がえった声《こえ》でいいはなった。

「いったい、なんていって、断《ことわ》ったの！」

……やばい。どうして？　レイナ、かなり怒《おこ》ってる。

顔色《かおいろ》をうかがいながら、おそるおそる答《こた》える。

「……まだそんなこと考《かんが》えたことないって。小学生《しょうがくせい》だし、早《はや》すぎない？　って……」

そのとたん、レイナの目《め》に、みるみる涙《なみだ》が盛《も》りあがった。レイナはさけんだ。

「……だったら、どうしてチョコなんかわたしたんだよ！　菜々子《ななこ》には、彼《かれ》の真剣《しんけん》な気持《きも》ちが、ぜんぜんわかってない！　かわいそうだよ……、ひどすぎだよ……」

そして、うっと顔《かお》を手《て》でおおうと、早足《はやあし》で先《さき》に歩《ある》いていってしまったんだ。

「待《ま》って、レイナ！」

引《ひ》きとめようとしたのに、愛梨《あいり》に手首《てくび》をつかまれた。

「……そっとしておいた方《ほう》が、いいから！」

愛梨《あいり》と、去《さ》っていくレイナを、かわるがわるふりかえる。

「どうして？　いったいどういうこと？」

愛梨《あいり》はしばらく、いおうかどうしようか迷《まよ》ってたみたいだけれど、やっと教《おし》えてくれたんだ。

「あのね、いうなっていわれてたけど、もうこれ以上《いじょう》秘密《ひみつ》にできそうにないからいうよ。レイナは、……じつはハルトのこと好《す》きなんだ」

「……え？　レイナが？」

ガーン！　まるで、天地《てんち》がひっくりかえったような気分《きぶん》だった。愛梨《あいり》がいった。

「バレンタインの日《ひ》の夜《よる》、わたしにだけ、メールでカミングアウトしてきたんだよ」

わたしが、ハルトにチョコをわたした日《ひ》の夜《よる》に？

いったいレイナは、どんな気持《きも》ちでいたんだろう……。

ハルトの店《みせ》にいったときも、もしかしてあれ、無理《むり》やりつきあわせちゃったってこと？

……菜々子《ななこ》のバカ！

なんて鈍感《どんかん》！　どうしてレイナの気持《きも》ちに、気《き》づいてあげられなかったんだろう？


愛梨《あいり》と別《わか》れ、すぐレイナのマンションに向《む》かった。

チャイムを押《お》すと、ドアを開《あ》けたのはレイナ。わたしを見《み》るなり、また閉《し》めようとする。

ドアノブをつかんで止《と》めようとしたけれど、ガチャンとカギまでかけられてしまった。

ドンドンたたく。それから、ドアにすがりつくように手《て》をかけて、こういった。

「ごめんねレイナ！　レイナがハルトを好《す》きだなんて、知《し》らなかったんだよ！」

すると、そんなに大《おお》きな声《こえ》でいったわけでもないのに、またドアが開《ひら》いて、レイナが怒《おこ》った顔《かお》をつきだした。

「やめてよ！　近所《きんじょ》に聞《き》こえるじゃない！　まったく愛梨《あいり》ったら……！」

とにかく、あやまるしかないと思《おも》った。

「……ごめんね！　気《き》がつかなくて！」

すると、レイナは、くちびるを震《ふる》わせ、こっちをにらみつけた。

「あたしは、彼《かれ》が喜《よろこ》ぶと思《おも》えばこそ、チョコをわたすの手伝《てつだ》ったんだよ。それなのに、あっさりふっちゃって、しかも、ありえないじゃんなんて、上《うえ》から目線《めせん》のいい方《かた》して！

最低《さいてい》！　あんたの顔《かお》なんか、二度《にど》と見《み》たくない！」

そういいきると、また、たたきつけるようにしてドアを閉《し》めたんだ。


その状態《じょうたい》のまま、突入《とつにゅう》しちゃった春休《はるやす》み。

愛梨《あいり》は毎日塾《まいにちじゅく》の春期講習《しゅんきこうしゅう》。レイナは、メールの返事《へんじ》さえくれない。

レイナにいわれた言葉《ことば》が、重《おも》くのしかかっていた。

……**菜々子《ななこ》には、彼《かれ》の真剣《しんけん》な気持《きも》ちが、ぜんぜんわかってない！**

だったら、カノジョになりますって、いえばよかったの？　ううん、それはとても無理《むり》。

それとも、中学生《ちゅうがくせい》になったら考《かんが》えてみるよって、答《こた》えればよかったのかな……。

そしたら、少《すこ》しは傷《きず》つけずにすんだかな？

レイナの気《き》持《も》ちに気《き》づけなかったことは、ホントに後悔《こうかい》してるけど……。

いろいろな思《おも》いが、頭《あたま》の中《なか》をかけめぐる。

食欲《しょくよく》もない。朝《あさ》ご飯《はん》のトーストも半分《はんぶん》しか食《た》べられずに、ダイニングのテーブルに一人《ひとり》残《のこ》ってしょんぼりしていると、ママが食器《しょっき》をかたづけながら、心配《しんぱい》して聞《き》いてきた。

「どうしたの？　またお友《とも》だちと、何《なに》かあったの？」

いおうかどうしようか、迷《まよ》った。でも、ママも、わたしがレイナといっしょに、ハルトにチョコをあげたことは知《し》っている。

「……レイナが、ハルトのこと、……好《す》きだったんだ。わたし、そのこと知《し》らなかったから、怒《おこ》らせちゃって」

「……まあ！」

さすがに、ハルトにカノジョになってくださいっていわれたことは、秘密《ひみつ》にしようと思《おも》った。そんなことをいったら、ママはきっとびっくりする。

だから、このことだけ話《はな》した。

「……わたしがハルトとつきあうとか、そんなことまで考《かんが》えてるわけじゃないよっていったら、だったらどうしてチョコなんかわたしたんだ、っていわれちゃって……」

あふれた涙《なみだ》をぬぐい、下《した》を向《む》くと、ママは、小《ちい》さなため息《いき》をついた。

「それは、困《こま》ったことになったわね……。でも、だいじょうぶよ。きっとまたそのうち、仲直《なかなお》りできるから……」

そういって、わたしの肩《かた》を軽《かる》くたたいてはげますと、こう提案《ていあん》してくれた。

「そうだ。遊《あそ》ぶ相手《あいて》もいないんなら、動物保護団体《どうぶつほごだんたい》にいっしょに来《く》る？　チャッピーの具合《ぐあい》がとっても悪《わる》くなって、みんなで心配《しんぱい》しているところなの」

「え？　チャッピーが？」

おどろいて顔《かお》を上《あ》げた。チャッピーは、白《しろ》いシーズー。ブリーダーや、愛梨《あいり》の近所《きんじょ》のおばさんの家《いえ》から、救出《きゅうしゅつ》してきた犬《いぬ》だ。

ママは、肩《かた》を落《お》としている。

「保護《ほご》したとき、内臓《ないぞう》やら関節《かんせつ》やら歯《は》やら、あちこち悪《わる》かったのが、このごろますます弱《よわ》って、食《た》べてもぜんぶはくようになってしまって……。ここだけの話《はなし》、もうあとどのくらい生《い》きられるか、わからないんですって……。かわいそうに……」

思《おも》わず椅子《いす》から立《た》ちあがった。

「ええ？　ぜんぜん知《し》らなかった！　そんなに悪《わる》いの？　じゃ、お見舞《みま》いに行《い》く……」

ママの自動車《じどうしゃ》で、動物保護団体《どうぶつほごだんたい》に出《で》かけていく。事務所《じむしょ》に入《はい》ると、受付《うけつけ》のすぐそばのケージで、チャッピーがぐったり横《よこ》たわっているのが目《め》に入《はい》った。

「…………！」

一月《がつ》に会《あ》ったときの姿《すがた》が思《おも》い出《だ》せないほど、やせほそっている。骨《ほね》と皮《かわ》ばかり、とはこのことだと思《おも》った。

「ひ、ひどい……。なんでこんなことに……！」

近《ちか》づいていくと、チャッピーは、こっちに顔《かお》を向《む》け、またがっかりしたように床《ゆか》に体《からだ》を投《な》げだした。ママはこういった。

「チャッピーは、だれかをずっと待《ま》っているような気《き》がするのよ。今《いま》、菜々子《ななこ》が来《き》たときも、めずらしく体《からだ》を少《すこ》し起《お》こしたでしょう？　ママはひょっとして、愛梨《あいり》ちゃんじゃないかと思《おも》ってるんだけど」

……チャッピーが、愛梨《あいり》をずっと待《ま》ってる？

きっとそうだ！　愛梨《あいり》にすぐメールした。

チャッピーが、死《し》にそうなんだよ！　お見舞《みま》いに行《い》ってあげて！

愛梨《あいり》から返信《へんしん》がくる。

知《し》らなかった！！！　わたしも塾《じゅく》がいそがしくなって、一月《がつ》からぜんぜん会《あ》いにいってなかった。明日春期講習《あしたしゅんきこうしゅう》の帰《かえ》りに、お見舞《みま》いに寄《よ》るようにする！

次《つぎ》の日《ひ》、わたしはまた動物保護団体《どうぶつほごだんたい》に行《い》き、犬舎《けんしゃ》のそうじの手伝《てつだ》いをしながら、愛梨《あいり》が来《く》るのを待《ま》った。もしかすると、レイナとの事件《じけん》を、忘《わす》れたかったのかもしれない。

愛梨《あいり》が、塾《じゅく》のカバンをさげてやってきたのは、もう夕方《ゆうがた》。

いっしょにチャッピーのもとへ急《いそ》ぐ。

愛梨《あいり》は、チャッピーの姿《すがた》を見《み》て、泣《な》きだしそうな顔《かお》になった。

すると、愛梨《あいり》が近《ちか》づいたとたん、それまでまったく動《うご》かなかったチャッピーが、体《からだ》をむくりと起《お》こしたんだ。

愛梨《あいり》は、膝《ひざ》をついて手《て》をたたき、呼《よ》びかけている。

「チャッピー！」

チャッピーは、しっぽを弱々《よわよわ》しくふった。

息《いき》をハアハアさせ、前足《まえあし》で床《ゆか》をたたき、うれしい気持《きも》ちを伝《つた》えている。

「ごめんね！　ずっと会《あ》いに来《こ》れなくて！」

愛梨《あいり》が、チャッピーをケージから出《だ》し、そっとだきあげた。

クーン！

《愛梨《あいり》ちゃん！　ずっと待《ま》ってたのよ！　毎日《まいにち》、毎日《まいにち》……！》

「ごめんね。さみしかったね。だから病気《びょうき》が重《おも》くなっちゃったの？　許《ゆる》して！　チャッピー！」

愛梨《あいり》は、チャッピーをだきしめる。やせほそった顔《かお》に、自分《じぶん》の顔《かお》をすり寄《よ》せている。

チャッピーは、愛梨《あいり》にべったりと甘《あま》えたまま。

《どうして、来《き》てくれなかったの？　さみしかったのよ！》

ワンワン！

《もう二度《にど》と、ひとりにしないで……！》

愛梨《あいり》は、ずっとあやまっていた。

「ごめんね……。ごめんね……。これからは、ちゃんと会《あ》いにくるよ。だから、早《はや》く元気《げんき》になって！」

しかし、運命《うんめい》は残酷《ざんこく》だった。

もともと体《からだ》が弱《よわ》かったせいかもしれないけれど、ブリーダーにひどい飼《か》い方《かた》をされ、里親《さとおや》にぶたれ、つらい思《おも》いばかりしてきたチャッピーの容態《ようだい》は、もう二度《にど》と、よくなることはなかった。

最期《さいご》の日々《ひび》を過《す》ごすために、動物保護団体《どうぶつほごだんたい》の代表《だいひょう》の人《ひと》の家《いえ》に引《ひ》きとられ、世話《せわ》をしてもらうことになったんだ……。

新学期《しんがっき》が始《はじ》まり、六年生《ねんせい》になった。クラスは、五年生《ねんせい》のときとかわらない。

だけどレイナは、あいかわらず、口《くち》もきいてくれない。

つらかったけど、学校《がっこう》に通《かよ》うのをやめなかったのは、いつかママが教《おし》えてくれた「日《ひ》にち薬《ぐすり》」という言葉《ことば》を信《しん》じたいと思《おも》ったから。

ぜったいいつまでも、ドン底《ぞこ》じゃないって……。

そしてとうとう、四月《がつ》の中旬《ちゅうじゅん》、チャッピーが、危篤《きとく》だという連絡《れんらく》が入《はい》る。

亡《な》くなる前《まえ》に一目《ひとめ》会《あ》いたくて、日曜《にちよう》の午後《ごご》、ママの車《くるま》で動物保護団体《どうぶつほごだんたい》の代表《だいひょう》の家《いえ》までお見舞《みま》いに行《い》くことにした。

シーサイドタウンの、海《うみ》の見《み》える小高《こだか》い丘《おか》の上《うえ》にその家《いえ》はあった。古《ふる》い洋館《ようかん》で、まるで映画《えいが》に出《で》てくるみたいに、ステキな家《いえ》。

玄関《げんかん》のチャイムを押《お》すと、むかえてくれたのは、ブロンドの髪《かみ》をしたイギリス人《じん》の女《おんな》の人《ひと》。代表《だいひょう》の奥《おく》さんだ。上品《じょうひん》な黒《くろ》いニットのワンピースを着《き》ている。

「入院《にゅういん》させてもいいけれど、できればここで見送《みおく》ってあげたくて……。獣医《じゅうい》さんによると、もう今日《きょう》あたり、天国《てんごく》に行《い》くかもしれないそうです」

奥《おく》さんのそばには、一人息子《ひとりむすこ》のマイクという男《おとこ》の子《こ》がいた。

お父《とう》さんは日本人《にほんじん》、お母《かあ》さんはイギリス人《じん》だから、茶色《ちゃいろ》がかった黒《くろ》い髪《かみ》に茶色《ちゃいろ》い目《め》をしている。白《しろ》い肌《はだ》に鼻《はな》がすっと高《たか》く、彫《ほ》りの深《ふか》い顔《かお》つきは、まるでモデルみたい！

出会《であ》った瞬間《しゅんかん》、それまで暗《くら》くしずんでいた心《こころ》のかたすみに、小《ちい》さな光《ひかり》が、ぽっとともったような気《き》がした。

彼《かれ》は、シーサイドタウンの小学校《しょうがっこう》に通《かよ》っていて、わたしと同《おな》じ六年生《ねんせい》なんだって。

いったい、どんな子《こ》なんだろう……？


チャッピーは、一階《かい》のサンルームの毛布《もうふ》の上《うえ》に横《よこ》たわっていた。

さらにやせほそって、もう点滴《てんてき》の針《はり》も入《はい》らない。

……かわいそう！

思《おも》わず、目《め》をそむけたくなるような姿《すがた》だった。

聞《き》けば、チャッピーが来《き》てから、マイクがずっと世話《せわ》を引《ひ》きうけているという。下痢《げり》で

汚《よご》れたお尻《しり》も、毎回《まいかい》洗《あら》ってやっているらしい。

ときどき声《こえ》をかけ、体《からだ》をさすってやっている。

「チャッピー！　いい子《こ》だ。がんばれよ～」

マイクがチャッピーを見《み》つめるまなざしは、ほんとうにやさしくて、真剣《しんけん》だ。

しかも、とてもよく気《き》がつく男《おとこ》の子《こ》で、細《こま》やかな気《き》づかいをする。

チャッピーの世話《せわ》をやいたり、そばにわたしたちが座《すわ》るためのクッションを置《お》いてくれたり、病状《びょうじょう》を細《こま》かく説明《せつめい》してくれたり……。

同《おな》い年《どし》なのに、こんなにやさしくて、しっかりした男《おとこ》の子《こ》がいるなんて……！

でも、チャッピーは、すでに目《め》を開《あ》ける元気《げんき》さえないみたいだ。

愛梨《あいり》は、塾《じゅく》があって、来《こ》られるのは夕方《ゆうがた》になるという。

だから、やくそくの時間《じかん》に、ママが塾《じゅく》まで車《くるま》でむかえにいくことになっていた。塾《じゅく》は同《おな》じシーサイドタウンにあるけれど、丘《おか》の下《した》の駅前《えきまえ》だから、歩《ある》くと時間《じかん》がかかってしまう。

だけどもし、チャッピーが愛梨《あいり》に会《あ》えないまま、天国《てんごく》に行《い》っちゃったらどうしよう？

……そうなったら、愛梨《あいり》も、わたしも、一生後悔《いっしょうこうかい》しそう！

ようやく、愛梨《あいり》の塾《じゅく》が終《お》わる時間《じかん》が近《ちか》づいてきた。
ママが、あわただしく、洋館《ようかん》から飛《と》びだしていく。
……どうか間《ま》に合《あ》いますように！
みんなで、チャッピーをはげました。
「もうすぐ愛梨《あいり》が来《く》るからね！」
二十分《ぷん》くらいして、チャイムが鳴《な》った。愛梨《あいり》だ！　玄関《げんかん》からかけこんでくる。
「チャッピー！」
するとどうだろう。チャッピーが目《め》を開《あ》けたんだよ！
しかも、愛梨《あいり》をまっすぐ見《み》て、クーンと鳴《な》いたんだ。
《愛梨《あいり》ちゃん！　わたしあなたのこと、大好《だいす》きだったよ！》
澄《す》んだその目《め》は、宝石《ほうせき》のようにかがやいて見《み》えた。
……犬《いぬ》って、なんて純粋《じゅんすい》に人《ひと》を愛《あい》するんだろう。
愛《あい》するって、こんなに神聖《しんせい》なことだったんだ！
このとき、まわりにいたみんなが、胸《むね》を打《う》たれたにちがいない。

けれどもチャッピーはそこで力《ちから》つき、また、静《しず》かに目《め》をつぶる。

愛梨《あいり》は、チャッピーをだきあげている。

それから、静《しず》かな時間《じかん》が過《す》ぎた。

チャッピーをだいた愛梨《あいり》は、ずっと床《ゆか》に横《よこ》ずわりをしたまま動《うご》かない。

わたしたちは、まわりに座《すわ》ってようすを見守《みまも》る。

やがて、愛梨《あいり》が、静《しず》かに涙《なみだ》を流《なが》しはじめた。チャッピーが、……天国《てんごく》に行《い》ったんだ。

マイクのお母《かあ》さんが、チャッピーの首《くび》に手《て》をやって脈《みゃく》がなくなったことを確《たし》かめている。

愛梨《あいり》はずっと、チャッピーをだいたまま、泣《な》いていた。ママが、静《しず》かにいった。

「愛梨《あいり》ちゃん、……最期《さいご》に会《あ》えて、よかったわね」

「………はい。でも、家《うち》では飼《か》ってあげられなくて、こんなにひどい状態《じょうたい》になっていることも知《し》らなくて、ほんとうにチャッピーにはもうしわけないことばかりです……」

愛梨《あいり》は、涙《なみだ》をかみしめるようにして、話《はな》している。

どんなにか、チャッピーを家《いえ》で飼《か》いたかっただろう。もっともっと、かわいがりたかっ

ただろう。そのくやしさを思《おも》うと、やるせない。

でも、最期《さいご》に愛梨《あいり》にだかれて、幸《しあわ》せだったよね、チャッピー！

マイクのお母《かあ》さんが、わたしたちを見《み》わたしてお礼《れい》をいった。

「ありがとうございます。チャッピーはこうして見送《みおく》ってもらって、幸《しあわ》せでした」

マイクも、チャッピーの、もう動《うご》かない頭《あたま》をなでてお別《わか》れをした。

「最期《さいご》までよくがんばったね、チャッピー！　いい子《こ》だ。えらかったよ……」

マイクのそのときのやさしい言葉《ことば》が、わたしの心《こころ》にじんと染《し》みた。

愛梨《あいり》は、チャッピーをもう一度《いちど》、ぎゅっとだきしめ、こういった。

「……チャッピー。天国《てんごく》では幸《しあわ》せにね。わたしも、おばあさんになって寿命《じゅみょう》が来《き》たら、そっちに行《い》くから、待《ま》っててね。そしたら、いっしょにいつまでも楽《たの》しく暮《く》らそうね……」

その夜《よる》、自分《じぶん》の部屋《へや》のベッドに入《はい》り、天井《てんじょう》を見《み》つめながら、考《かんが》えた。

少《すこ》し開《あ》けた窓《まど》から、涼《すず》しい夜風《よかぜ》がふきこんでくる。芽吹《めぶ》きはじめた春《はる》の香《かお》りがしてくる。

チャッピーが最期《さいご》に愛梨《あいり》を見《み》たまなざしが、忘《わす》れられなかった。

愛《あい》するということが、こんなにも尊《とうと》いものだと、生《う》まれて初《はじ》めて教《おし》えてもらったような気《き》がした。

そして、こんなときに不謹慎《ふきんしん》だけれど、わたしもじつは、やっとわかってきた。

だれかを好《す》きになる気《き》持《も》ち……。

彼《かれ》だけが、かがやいて見《み》える。

会《あ》ったときは、自分《じぶん》がどんな風《ふう》に思《おも》われているか、気《き》になって仕方《しかた》がない。ドキドキしすぎて疲《つか》れる。

会《あ》えないときは、さみしくて、会《あ》いたくて、いてもたってもいられなくなる。

……ごめんね、ハルト。

わたし、いつのまにか、マイクのことを忘《わす》れられなくなっちゃった。

彼《かれ》のそばにいられるだけで、ハッピーになる。

彼《かれ》に何《なに》かしたいことがあるなら、なんでも応援《おうえん》したいと思《おも》う。

レイナにもあやまらなくちゃ……。

あなたがいうとおり、わたしはハルトの気持《きも》ちをぜんぜんわかってなかった。

ひょっとしたら、ハルトに親切《しんせつ》にされて、……浮《う》かれていただけかもしれない。

だから、軽《かる》はずみな気持《きも》ちでチョコをわたして期待《きたい》させ、けっきょく傷《きず》つけてしまった。

ハルトは、わたしのことを、真剣《しんけん》に思《おも》ってくれていたのに！

それに対《たい》する感謝《かんしゃ》や、思《おも》いやりもなかった。

レイナが怒《おこ》ったのも、悲《かな》しんだのも、……無理《むり》ない。

やっぱり悪《わる》いのはわたし。子《こ》ども過《す》ぎたね。

今《いま》までの自分《じぶん》を思《おも》うと、はずかしくて、どこかににげだしたくなる。

頭《あたま》をかきむしりたいような、気持《きも》ちになる……。

このままじゃいけない。

もう一回《かい》、レイナにきちんとあやまろう……。


数日経《すうじつた》った放課後《ほうかご》。

小学校《しょうがっこう》の近《ちか》くを通《とお》りかかると、サッカークラブが練習《れんしゅう》している声《こえ》が聞《き》こえてきた。

だれかが、グラウンドの金網《かなあみ》の外《そと》に立《た》ち、練習《れんしゅう》をながめている。スーパーの買《か》い物《もの》ぶくろをさげたレイナだった。

わたしったら、ぜんぜん気《き》がつかなかったけれど、きっと今《いま》までもずっとこうして、ハルトのことを見《み》つめてきたんだろうな。

思《おも》いきって、近《ちか》づき、声《こえ》をかけた。

「レイナ！」

レイナはふりかえると、わたしだとわかって、顔《かお》をそむけた。

あやまるなら、今《いま》しかない……！

「……ねえ、お願《ねが》い！　許《ゆる》して！　ごめんなさい！　ほんとうにわたしが悪《わる》かった」

頭《あたま》を下《さ》げられるだけ下《さ》げる。

顔《かお》を上《あ》げた。レイナは、まだそっぽを向《む》いたまま、わたしの目《め》も見《み》てくれない。

……しかたない。許《ゆる》してくれるまで、あやまろう。

わたしは、今度《こんど》は、その場《ば》にガバッと手《て》をつき、土下座《どげざ》しようとした。

「……ごめんなさい！」

レイナが、わたしの腕《うで》をぎゅっとつかんで、立《た》ちあがらせる。

「やめてようっ！　まるであたしが、いじめてるみたいじゃないの！」

「……だって！」

サッカークラブの男《おとこ》の子《こ》たちが、何人《なんにん》か、こっちをふりかえっている。

レイナは、わたしを、道路《どうろ》の反対側《はんたいがわ》に引《ひ》っぱっていった。

わたしは、さけんだ。

「ようやく気《き》がついたの。ハルトがどんな気持《きも》ちでいたか！　チョコをわたした自分《じぶん》がどんなに軽《かる》はずみだったかも……」

レイナは、わたしにぐいっと顔《かお》を寄《よ》せた。

「ホントにわかってる？　あんたはハルトの気持《きも》ちを、もてあそんだんだよ？」

いわれてズキンと来《き》た。

「……うん。今《いま》ごろだけど。ほんとうに悪《わる》いことしちゃったって、思《おも》ってる」

固《かた》まっていたレイナの表情《ひょうじょう》が、やっとふっとゆるんだ。

「……そうか。菜々子《ななこ》もちょっとは大人《おとな》になったか」

ほこりっぽい春風《はるかぜ》が、近《ちか》くの木々《きぎ》をざっと揺《ゆ》らした。

レイナは腕組《うでぐ》みをして下《した》を向《む》き、スニーカーで地面《じめん》の砂《すな》をこすっている。

「あたしは、けっきょくずっと菜々子《ななこ》に嫉妬《しっと》してただけ。見苦《みぐる》しいね。かっこ悪《わる》いね。意《い》地張《じは》って口《くち》もきかずに、土下座《どげざ》までさせるなんて。……もうやめるよ。昨日《きのう》も愛梨《あいり》から、そろそろ菜々子《ななこ》のことを許《ゆる》してあげてって、たのまれたし……」

わたしは、顔《かお》を上《あ》げたレイナの目《め》をのぞきこみながら、いった。

「……許《ゆる》してくれる？」

すると、レイナは、うなずいてこういったんだ。

「あたしも、もう少《すこ》し自分《じぶん》に正直《しょうじき》になればよかったとは思《おも》ってるよ……」

こうして、レイナは、少《すこ》しずつまた、口《くち》をきいてくれるようになったんだ。


やがて、ゴールデンウイークが近《ちか》づき、グッドニュースが入《はい》った。

愛梨《あいり》が動物保護《どうぶつほご》を題材《だいざい》に書《か》いた作文《さくぶん》が、市《し》の「かけがえのない命《いのち》・作文《さくぶん》コンクール」で、なんと大賞《たいしょう》をとったんだ！

今《いま》までも何度《なんど》かコンクールで入賞《にゅうしょう》してたけど、大賞《たいしょう》は初《はじ》めて。大賞作品《たいしょうさくひん》は、地元《じもと》の新聞《しんぶん》にも載《の》るんだよ！

愛梨《あいり》は、しみじみといった。

「きっとチャッピーが、天国《てんごく》で応援《おうえん》してくれたんじゃないかと思《おも》うんだ」

五月《がつ》の祝日《しゅくじつ》の午後《ごご》、動物保護団体《どうぶつほごだんたい》の代表《だいひょう》の家《いえ》で、お祝《いわ》いのティーパーティーが開《ひら》かれることになった。

でも、チャッピーがなくなったばかりだから「お祝《いわ》い」というのも気《き》がひける。そこで「チャッピーをしのぶ会《かい》」ということで集《あつ》まることになった。

わたしとママ、レイナもお呼《よ》ばれした。

……また彼《かれ》に会《あ》える！

知《し》らせを聞《き》いて、すぐに思《おも》ったのは、マイクのこと！

その日《ひ》、洋館《ようかん》の庭《にわ》には、赤《あか》いバラが咲《さ》いていた。ダイニングルームのサイドテーブルには、元気《げんき》だったころの、チャッピーの写真《しゃしん》が飾《かざ》られていた。

マイクのお母《かあ》さんが用意《ようい》したアフタヌーンティー。

マイクもいっしょに席《せき》につく。

サンドイッチやスコーン、ストロベリーチョコレートケーキをごちそうになった。

でも、マイクのことばかり気《き》になって、けっきょく味《あじ》もわからないくらい……。

メガネをかけたマイクのお父《とう》さんが、用意《ようい》していた花束《はなたば》を愛梨《あいり》にわたした。

動物保護団体《どうぶつほごだんたい》の代表《だいひょう》をしている人《ひと》。普段《ふだん》は、国際弁護士《こくさいべんごし》として、世界《せかい》をかけまわっているという。

「おめでとう！　愛梨《あいり》さん！　今朝新聞《けさしんぶん》で読《よ》んだけれど、とってもいい作文《さくぶん》だったよ。動《どう》物保護《ぶつほご》の重要性《じゅうようせい》を世《よ》の中《なか》に広《ひろ》めてくれてありがとう！」

「ありがとうございます。きっとチャッピーも天国《てんごく》で喜《よろこ》んでくれていると思《おも》います……」

動物保護《どうぶつほご》について、あれこれ話《はな》しているうちに、マイクがこういいだした。

「ぼくは、いつか日本《にほん》にも、イギリスにあるみたいな、本格的《ほんかくてき》な動物保護団体《どうぶつほごだんたい》を作《つく》るのが夢《ゆめ》なんだ！」

マイクがそんなことを考《かんが》えているなんて……！

「わたしもその夢《ゆめ》、応援《おうえん》したい……！」

思《おも》わず、そうつぶやいたとたん、はずかしくなって、下《した》を向《む》いた。

マイクはこっちに向《む》きなおり、さわやかにほほえんでくれた。

「ありがとう！　ぜひそのときは、サポートたのむよ！」

そんなわたしたちを、写真《しゃしん》のチャッピーが見守《みまも》っている。

《これからも、わたしたち小《ちい》さな命《いのち》を応援《おうえん》してね！》

ありがとうチャッピー。

チャッピーの生《い》き方《かた》は、立派《りっぱ》だった。

あんなにつらい境遇《きょうぐう》にあったのに……！

命《いのち》の限《かぎ》り、純粋《じゅんすい》にだれかを愛《あい》する、ということを、みんなに教《おし》えてくれた。

これからはわたしも、チャッピーみたいに、ピュアに人《ひと》を愛《あい》していきたいよ！

ママの運転《うんてん》で帰《かえ》った、グリーンタウン・ハイウェー。

まぶしい新緑《しんりょく》に混《ま》じり、季節《きせつ》の遅《おく》れたヤマザクラが、ぽっぽっと、ピンクの花《はな》を咲《さ》かせていた。

あとがき

おかげさまで『犬《いぬ》たちからのプレゼント』の二冊目《さつめ》を、出版《しゅっぱん》させていただくことができました。

この本《ほん》も、動物保護団体《どうぶつほごだんたい》アーク（アニマルレフュージ関西《かんさい》）でうかがったペットにまつわるよくある話《はなし》をヒントにしていますが、登場《とうじょう》する団体《だんたい》は、わたしが勝手《かって》に考《かんが》えた架空《かくう》のものであり、人物《じんぶつ》や出来事《できごと》も事実《じじつ》とは一切関係《いっさいかんけい》がありません。

みなさんも愛梨《あいり》のように、動物保護《どうぶつほご》を題材《だいざい》にした作文《さくぶん》や、このシリーズの本《ほん》の読書感想文《どくしょかんそうぶん》を書《か》いて、動物保護《どうぶつほご》の重要性《じゅうようせい》を、まわりの人《ひと》たちに伝《つた》えてみてはいかがですか？

出版《しゅっぱん》に際《さい》し、お世話《せわ》になった方々《かたがた》に心《こころ》からお礼申《れいもう》し上《あ》げます。

二〇一四年《ねん》　紅葉《もみじ》の季節《きせつ》に　高橋《たかはし》うらら

■取材協力《しゅざいきょうりょく》　NPO《エヌピーオー》法人《ほうじん》アニマルレフュージ関西《かんさい》（ARK《アーク》）
http://www.arkbark.net/

集英社みらい文庫

犬《いぬ》たちからのプレゼント
動物《どうぶつ》ぎゃくたい大反対《だいはんたい》！

高橋《たかはし》うらら　作
柚希《ゆずき》きひろ　絵
原田京子《はらだきょうこ》　本文写真

ファンレターのあて先
〒101-8050　東京都千代田区一ツ橋2-5-10　集英社みらい文庫編集部
いただいたお便りは編集部から先生におわたしいたします。

2015年1月10日　第1刷発行
2019年9月9日　第5刷発行

発行者　北畠輝幸
発行所　株式会社 集英社
〒101-8050　東京都千代田区一ツ橋2-5-10
電話　編集部 03-3230-6246
読者係 03-3230-6080
販売部 03-3230-6393（書店専用）
http://miraibunko.jp
装　丁　+++ 野田由美子　中島由佳理
印　刷　図書印刷株式会社　凸版印刷株式会社
製　本　図書印刷株式会社

★この作品はフィクションです。実在の人物・団体・事件などにはいっさい関係ありません。
ISBN978-4-08-321247-5　C8293　N.D.C.913　190P　18cm

「みらい文庫《ぶんこ》」読者《どくしゃ》のみなさんへ

言葉《ことば》を学《まな》ぶ、感性《かんせい》を磨《みが》く、創造力《そうぞうりょく》を育《はぐく》む……、読書《どくしょ》は「人間力《にんげんりょく》」を高《たか》めるために欠《か》かせません。

たった一枚《いちまい》のページをめくる向《む》こう側《がわ》に、未知《みち》の世界《せかい》、ドキドキのみらいが無限《むげん》に広《ひろ》がっている。

これこそが「本《ほん》」だけが持《も》っているパワーです。

学校《がっこう》の朝《あさ》の読書《どくしょ》に、休《やす》み時間《じかん》に、放課後《ほうかご》に……。いつでも、どこでも、すぐに続《つづ》きを読《よ》みたくなるような、魅力《みりょく》に溢《あふ》れる本《ほん》をたくさん揃《そろ》えていきたい。読書《どくしょ》がくれる、心《こころ》がきらきらしたり胸《むね》がきゅんとする瞬間《しゅんかん》を体験《たいけん》してほしい、楽《たの》しんでほしい。みらいの日本《にほん》、そして世界《せかい》を担《にな》うみなさんが、やがて大人《おとな》になった時《とき》、「読書《どくしょ》の魅力《みりょく》を初《はじ》めて知《し》った本《ほん》」「自分《じぶん》のおこづかいで初《はじ》めて買《か》った一冊《いっさつ》」と思《おも》い出《だ》してくれるような作品《さくひん》を一所懸命《いっしょけんめい》、大切《たいせつ》に創《つく》っていきたい。

そんないっぱいの想《おも》いを込《こ》めながら、作家《さっか》の先生方《せんせいがた》と一緒《いっしょ》に、私《わたし》たちは素敵《すてき》な本作《ほんづく》りを続《つづ》けていきます。「みらい文庫《ぶんこ》」は、無限《むげん》の宇宙《うちゅう》に浮《う》かぶ星《ほし》のように、夢《ゆめ》をたたえ輝《かがや》きながら、次々《つぎつぎ》と新《あたら》しく生《う》まれ続《つづ》けます。

本《ほん》を持《も》つ、その手《て》の中《なか》に、ドキドキするみらい――。

本《ほん》の宇宙《うちゅう》から、自分《じぶん》だけの健《すこ》やかな空想力《くうそうりょく》を育《そだ》て、〝みらいの星《ほし》〟をたくさん見《み》つけてください。

そして、大切《たいせつ》なこと、大切《たいせつ》な人《ひと》をきちんと守《まも》る、強《つよ》くて、やさしい大人《おとな》になってくれることを心《こころ》から願《ねが》っています。

2011年《ねん》　春《はる》

集英社《しゅうえいしゃ》みらい文庫《ぶんこ》編集部《へんしゅうぶ》